PENGUIN BOOKS

NEW PENGUIN PARALLEL TEXT: SHORT STORIES IN RUSSIAN

Рассказы на русском языке

BRIAN JAMES BAER is a professor of Russian and Translation Studies at Kent State University, where he teaches courses on translation at the undergraduate, master's, and doctoral level. He has translated a range of literary and scholarly works from Russian, including the complete works of Liubov Krichevskaya, a woman writer of the early nineteenth century, and the final work of the semiotician Juri Lotman, *The Unpredictable Workings of Culture*. He is the founding editor of the journal *Translation and Interpreting Studies* and the coeditor with Michelle Woods of the Bloomsbury book series Literatures, Cultures, Translation.

New Penguin Parallel Text

Short Stories in Russian
Рассказы на русском языке

Edited by Brian James Baer

PENGUIN BOOKS

PENGUIN BOOKS

An imprint of Penguin Random House LLC
375 Hudson Street
New York, New York 10014
penguin.com

"Sinbad the Sailor" by Yuri Buida is translated by Oliver Ready and "The Arm" by Ludmilla
Petrushevskaya is translated by Keith Gessen and Anna Summers. All other selections are
translated by Brian James Baer.
"Don't Panic!" by Sergey Lukyanenko. © Sergey Lukyanenko, 2004. Published by arrangement
with Andrew Nurnberg Associates.
"The Lithuanian Hand" by Julia Kissina. © Julia Kissina. Published by arrangement with the
author.
"The Tattoo" by Evgeny Grishkovets. © 2007 Evgeny Grishkovets. Published by arrangement
with Literary Agency Galina Dursthoff.
"Hands" by Yuly Daniel. Published by arrangement with the heirs of Yuly Daniel.
"Grandpa and Laima" by Dina Rubina. Published by arrangement with Elena Kostioukovitch
International Literary Agency.
"Sinbad the Sailor" by Yuri Buida. © Yuri Buida. Published by arrangement with Elkost Intl.
Literary Agency. Translation copyright Oliver Ready 2002. First published in *The Prussian
Bride* by Yuri Buida (Dedalus, 2002). Reprinted by permission of Dedalus Books.
"The Beast" by Ludmila Ulitskaya. Published by arrangement with Elena Kostioukovitch
International Literary Agency.
"The Arm" from *There Once Lived a Woman Who Tried to Kill Her Neighbor's Baby: Scary
Fairy Tales* by Ludmilla Petrushevskaya, translated by Keith Gessen and Anna Summers.
Translation copyright © 2009 by Keith Gessen and Anna Summers. Used by permission of
Penguin Books, an imprint of Penguin Random House LLC.
"The Swim" by Vladimir Sorokin. © 1978, 1988 by Vladimir Sorokin. Published by arrangement
with Literary Agency Galina Dursthoff.
"Three Wars" by Alexander Ilichevsky. Published by arrangement with the author.

LIBRARY OF CONGRESS CATALOGING-IN-PUBLICATION DATA
Names: Baer, Brian James, editor, translator.
Title: Short stories in Russian = Rasskazy na russkom ëiiazyke / edited by Brian James Baer.
Other titles: New Penguin parallel texts.
Description: New York : Penguin Books, 2017. | Series: New Penguin parallel text |
Parallel texts in Russian and English.
Identifiers: LCCN 2016040948 | ISBN 9780143118343
Subjects: LCSH: Short stories, Russian—21st century—Translations into English. |
Short stories, Russian—20th century—Translations into English.
Classification: LCC PG3213 .S46 2017 | DDC 891.73/010805—dc23

Printed in the United States of America
3   5   7   9   10   8   6   4   2

Set in Minion Pro

To

Natalia Olshanskaya,[†]

mentor, collaborator, friend

Contents

Introduction

When I began to collect stories for this volume, I had intended to restrict my choices to post-Soviet works. Faced with an explosion in the popular genres of romance and detective fiction, many critics and scholars in the early and mid-nineties had on both sides of the Atlantic declared the end of Russian literature, which had lost its lofty moral purpose with the demise of the Soviet Union. Critics conjectured as to whether Russian literature could survive, while others, most notably the writer Viktor Erofeyev in an essay provocatively titled "A Memorial Service for Soviet Literature," celebrated the emergence of an "alternative" Russian literature in the 1990s that eschewed the moralism of Soviet literature and "was prepared for dialogue with the most temporally and spatially distant cultures in order to create a polysemantic, polystylistic structure."* Like Erofeyev, I wanted to show with my selection of texts that Russian literature in the post-Soviet period was not only alive and well, but was in many respects healthier than ever, given

*Erofeyev, Viktor. 1990. "Panikhida po Sovetskoi literature." *Literaturnaia Gazeta* (4 July):2.

its liberation from the shackles of the Cold War context, with its confining political and moral oppositions.

As I began to look for stories that I felt represented this new era in Russian literature, however, I quickly came to realize that many of the writers who became celebrities in the post-Soviet period had been honing their craft long before the end of Communism; in other words, there was not such a clear distinction in the stylistic and thematic concerns between Russian writers in the late Soviet period and the early post-Soviet period. My search for "originals" led me to see the strong continuities—across wars and revolutions—of Russia's literary culture. In fact, many of the writers I've chosen for this collection saw themselves not as literary radicals, creating a new literature ex nihilo, but as part of a literary tradition stretching back to at least Gogol in the first half of the nineteenth century. Moreover, the problems addressed by Soviet writers did not disappear, as some had hoped they would, when the Soviet regime fell. Russian writers today continue to ponder the nature of political authority, the phenomenon of state-sponsored violence, and the relationship of the individual to the community. And they continue to do so in ways sanctioned by a two-hundred-year-old literary tradition that produced, in addition to the great realist novelists, some of the most daring and avant-garde writers ever to have put pen to paper.

What connects the works I have chosen for this

collection is a focus on the body, as evident in many of the titles, and specifically on hands. As the site where abstract ideology meets the material world, hands—both in a literal and metaphorical sense—build societies and tear them down. Hands are the site at which the loftiest aspirations of mankind confront what Ludmila Ulitskaya refers to as "that most material of matter." While a powerful symbol in all cultures and across all historical periods, hands acquired a particular symbolic resonance in the Soviet Union. The hands of workers and craftsmen assumed a central place within official Soviet rhetoric related to the building of a new society. At the same time, the violence and increasing authoritarianism of the Soviet state began to generate alternative, more sinister, representations of hands. Remember that Stalin was the "strong hand," and in Yevgeny Zamyatin's dystopic novel *We*, the so-called benefactor has hands of granite. Also, in Abram Tert's *The Trial Is Underway*, authority has a fantastically huge hand.*

Against this background, the writers in the collection could be said to rethink the traditional associations of hands with either utopian socialism or malign authority. Evgeny Grishkovets notes in his short story "The Tattoo" that our hands, more than any other body part, are in

---

*The negative symbolism of hands was not restricted to Soviet culture, of course. In Fritz Lang's *Metropolis*, the designer of the robot has an injured hand, which he keeps within a special glove, which Freud in his essay on the uncanny reads as a disruption in personality, as something negative.

our field of vision, making them the link between inner consciousness and the outside world, between subjective and objective reality. This is why the arms and hands in these stories are so often fetishized, that is, objectified— the overdeveloped left arm of Vladimir Sorokin's agitational swimmer, the embroidered hand on a plaque in Julia Kissina's "The Lithuanian Hand," the image of the withered arm that ends Ludmilla Petrushevskaya's story, or the tiny tattoo of an anchor that distinguishes the hands of Grishkovets's narrator from those of his father. In Yuly Daniel's story "Hands," the author deconstructs the symbolism of the worker's hands in the building of Soviet society, revealing how the moral cost of that human construction project, now inscribed on the narrator's body, has left his hands utterly "unfit for work." Or, in Boris Akunin's first novel *Azazel*, the severed hand of Fandorin's fiancée, which lies twitching on a St. Petersburg street at the novel's end (she was the victim of a bomb disguised as a wedding gift), marks the hero's traumatic entry into adulthood and modernity. And so, while the severed or damaged limbs that figure in many of these stories can be seen to represent a traditional Russian preoccupation with the unbridgeable gap between the mind and the body, between the spiritual and the physical realms, they acquire a particular resonance in the context of late Soviet and early post-Soviet culture, when all that had been built—at so high a cost—began to teeter and crumble.

The stories in this collection address other "eternal" themes in Russian literature, albeit, again, with a late Soviet and early post-Soviet twist—specifically, the problem of war and state-sponsored violence and the related issues of cultural continuity and inheritance, represented by the intergenerational relations within families. Several of the stories express a certain nostalgia for life in the Soviet Union, when the policy of "friendship of peoples" not only kept ethnic conflict largely in check but fostered a real respect for cultural diversity within Soviet society, which seems a distant memory today against the backdrop of military conflicts in Georgia, Chechnya, and now Ukraine. The haunting Georgian melody Ulitskaya's heroine hears in a dream at the end of "The Beast"—a song she sings in harmony with her deceased grandmother—serves as a kind of elegy for the Soviet family of nations.

Another striking feature shared by all these stories is the bold mingling of an intensely tragic mood with a wicked sense of humor. Consider the old women hawking mummies of their veteran husbands at a Moscow flea market in Kissina's "The Lithuanian Hand," or the outrageously impudent cat that assumes symbolic proportions in Ulitskaya's "The Beast," or the plainspoken sailor Milyov in Grishkovets's "The Tattoo," who teaches the narrator how to use his anchor tattoo to pick up girls. And then there's Sorokin's hero, a synchronized swimmer in the agitational corps, whose

left arm, grown freakishly huge from carrying a torch through the city's canals, becomes a point of immense pride. But perhaps nowhere is the interweaving of humor and tragedy more perfectly achieved than in Daniel's "Hands," where a simple factory worker is recruited to serve in the Soviet secret police. Lofty Soviet phrases are placed alongside substandard collocations to produce an effect that is at once highly comic and profoundly tragic.

These stories are also united in their rejection of any simple opposition of winners and losers, victors and victims. In that sense they all betray a highly nuanced sense of morality and ethics, born from the need to survive in a system that is corrupt and corrupting—be it the Soviet militarized police state in Daniel, Sorokin, and Petrushevskaya or the new capitalist Russia of the post-Soviet years in Kissina, Ulitskaya, and Ilichevsky. Russian literature has always provided a haven for the "little people" who in the real world are threatened on all sides by the dehumanizing forces of ideology, authoritarianism, and poverty. The heroes of these stories are indeed "little people" in the tradition of Gogol's copy clerks and Dostoyevsky's poor folk, but now caught between the more modern forces of Putin's vertical politics and neoliberal economics. While some critics have accused post-Soviet Russian writers of retreating into the private sphere, if we take these stories to be representative of contemporary Russian fiction, this couldn't be further from the truth, although admittedly the narratives

rethink the traditional relationship of public and private in their focus on the body as the place where public and private meet.

I should also mention that my selection of texts was guided by a desire to include established authors alongside lesser known ones, making sure to include both male and female authors, which was hardly difficult, given the great number of excellent women writers in Russia today. What is striking in these texts is the pronounced gendering of the worlds depicted. More than amorous relationships, the stories highlight the deep bonds of friendship, and these bonds are for the most part gender-stratified, a natural side effect perhaps of the theme of war.

I should also address the arrangement of the texts in this volume. As many of the readers will be learners of Russian, I chose to arrange the texts in ascending order of difficulty, while attempting to group them thematically, to the extent possible. And so the collection begins with texts featuring first-person narrators, written in relatively straightforward colloquial speech. The first story—Sergey Lukyanenko's "Don't Panic!"—is, in terms of its language, the simplest; the narrator is a grandfather speaking to his grandson. Other first-person narratives follow: Kissina's "The Lithuanian Hand," Grishkovets's "The Tattoo," Daniel's "Hands," and Dina Rubina's "Grandpa and Laima." The texts in the second part, Buida's "Sinbad the Sailor" and Ulitskaya's "The Beast,"

have third-person narrators, hence longer descriptive passages, and a greater variety of characters, each with her own distinctive style of speech. The final three texts, Petrushevskaya's "The Arm," Sorokin's "The Swim," and Ilichevsky's "Three Wars," pose greater challenges for the reader from both a stylistic and a conceptual point of view.

Finally, as a translator and a teacher of translation, it would be remiss of me not to say something about the special translation challenges posed by these texts and by the venue in which they appear. Bilingual editions invite two kinds of reading, neither of which does true justice to the translator's task. On the one hand, such editions encourage learners of the source language to see the translations as more authoritative or definitive than they should be. On the other hand, they encourage bilingual readers to subject them to the kind of scrutiny that typically involves documenting all that is lost in the translation. Though perhaps this should have made me more cautious in my choices, it did not. I chose texts that represent especially devilish challenges for a translator and, in so doing, invite readers to contemplate the nature of the translation process, to understand it as a complex decision-making process, to borrow Jiří Levý's now famous formulation, rather than a simple linguistic matching game. My affection for Sorokin's short story "The Swim," for example, compelled me to include it in this edition, although I understood full well that his

complex conceptualist play with language made the text for all practical purposes untranslatable, requiring what Roman Jakobson described as "creative transposition." I hope, therefore, that readers will see these translations not as the final word on these texts but rather as one reader's interpretation.

Ever since I received a bilingual edition of poems by Anna Akhmatova as a gift when I was an undergraduate at Columbia College, I've been captivated by the intensity and power of Russian literature and by the valiant efforts of translators to share that intensity and power with readers in another language and in another cultural context. This volume represents my modest tribute to that literature and to its translators. But it is not my tribute alone. It turns out, it takes something of a village to put together an anthology of this kind, which leaves me with many people to thank, among them: Natasha Olshanskaya, of Kenyon College, for her unerring advice regarding the selection of texts—and for turning me on to the works of Dina Rubina; Maia Solovieva, of Oberlin College, for her insightful comments on my translations and for her sensitivity to the "silent language of culture"; Olga Shostachuk, of Kent State, for her help in preparing the Russian texts for publication; Helena Goscilo, for her suggestions regarding the introduction; all my students in the master's program in Russian Translation at Kent

State, for sharing their comments and solutions; my editor at Penguin, John Siciliano, for his unwavering support during the ebbs and flows of this project; and, of course, the writers featured in this volume, who granted me access to their creative genius through what Gayatri Spivak called "the most intimate act of reading," translation.

—*Brian James Baer*

Short Stories in Russian

Рассказы на русском языке

Don't Panic!

Без Паники!

Sergey Lukyanenko

Translated by Brian James Baer

Yes, my child, your grandpa is very brave. He never cried, even when he was little. Now let's wipe away those tears and tell me what scared you so.

A frog? A big one? Did it jump?

No, don't be afraid of frogs.

When I was little, everyone was afraid of something. Even your grandpa was a little afraid, but he didn't cry. Yes, I'll tell you about it. Of course.

Most of all we were afraid of one other. For example, we were afraid that the people with black skin and yellow skin would reproduce in such great numbers that they'd soon drive the white people out. Funny, isn't it? What difference does skin color make? Meanwhile, the people with black skin and yellow skin were afraid that the white people would drop a bomb on them.

That's why we were all afraid of a nuclear war.

What's a nuclear war? Well, once there were these big scary bombs that could explode and kill a lot of people all at the same time, and so everyone was afraid that people would blow one another up.

No, you don't have to be afraid of them anymore. There are no more nuclear bombs.

We were terribly afraid of machines!

We made more and more sophisticated machines, and they became almost as intelligent as people. We were afraid that machines would refuse to obey people and

Да, внучек, дедушка у тебя очень смелый. И когда он был маленьким, то никогда не плакал. Ну-ка вытрем слезы и расскажем, кто тебя напугал?

Лягушка? Большая? Прыгнула?

Нет, лягушек не надо бояться.

Вот когда я был маленьким, то все чего-нибудь боялись. Даже дедушка немного боялся. Но не плакал! Расскажу, конечно же, расскажу...

Больше всего мы боялись друг друга. Например, что люди с черной и желтой кожей так размножатся, что прогонят всех людей с белой кожей. Смешно, правда? Какая разница, какого цвета у людей кожа... А люди с черной и желтой кожей боялись, что белые сбросят на них бомбу.

Поэтому все боялись ядерной войны.

Что такое ядерная война? Ну... когда-то были такие большие страшные бомбы, которые могли взорваться и убить сразу много-много человек. И все боялись, что люди друг друга взорвут...

Нет, теперь их бояться не надо. Ядерных бомб больше нет.

Ужасно боялись машин!

Мы делали машины все сложнее и сложнее, они становились умными, почти как люди. И мы боялись, что машины не захотят людям подчиняться

would start a war—either by dropping bombs on us or simply by beating us with their mechanical arms. Some people were even afraid that machines would start using people instead of batteries. That's how silly we were!

We were also afraid the ozone layer would disappear. What's the ozone layer? Well, let me think of how to explain it to you . . . It's sort of a haze very high in the sky that protected the Earth from harmful rays. A while ago people built a lot of factories and cars that polluted the air. This began to destroy the ozone layer; the sun burned more intensely and people got sick. Nuclear bombs could destroy the entire ozone layer all at once, and we were very afraid of that.

What else were we afraid of?

We were very afraid of diseases, germs, and viruses. We were very good at treating diseases, but the diseases were very good at resisting our treatments. We got a new disease every year, each one more terrible than the last. We'd begin to treat it immediately, but every time we were afraid we'd fail.

We were afraid of starving. What if the black, yellow, and white people reproduced but didn't fight with one other? They wouldn't have anything to eat and they'd die from starvation. That's why scientists started experimenting with DNA so that people would have plenty of food.

We were very afraid of those experiments! You see, scientists invented ways to modify animals and plants.

и начнут против них воевать. По-всякому – и бомбами, и просто так... манипуляторами бить по голове... Некоторые даже боялись, что машины станут людей использовать вместо батареек. Вот какие мы были глупые!

Еще мы боялись, что разрушится озоновый слой... Озоновый слой? Как бы тебе объяснить... ну, это вроде такой дымки, высоко-высоко, которая защищала от вредных солнечных лучей. Когда-то люди понастроили много заводов и автомобилей, которые портили воздух. От этого озоновый слой разрушался, солнышко сильно жгло, и люди начинали болеть. А ядерные бомбы могли весь озон разрушить сразу. И мы очень этого боялись.

Чего мы еще боялись?

Болезней очень сильно боялись. Микробов и вирусов. Мы очень хорошо умели лечить болезни, а болезни очень хорошо умели не лечиться. И каждый год появлялась новая болезнь – еще страшнее прежней. Мы сразу начинали ее лечить, но всякий раз боялись, что не получится.

Мы боялись голода. Вдруг и черные, и желтые, и белые люди размножатся, но воевать не станут. Зато им нечего станет есть, и все умрут от голода. Поэтому ученые люди занялись генетическими экспериментами, чтобы было много еды.

Генетических экспериментов мы боялись очень сильно! Понимаешь, ученые люди придумали, как

For example, how to grow apples the size of watermelons and chickens the size of rhinoceroses. They did this so we'd have plenty of food.

Of course, that wasn't the thing that scared us. We were afraid the scientists would take a fly, for example, breed it with an elephant, and get a tiny flying elephant or an enormous fly, or a biting apple, or . . . No, stop crying, no one's doing experiments like that anymore.

We were also afraid an asteroid would hit the Earth. An asteroid is a kind of enormous stone that flies in the sky and then suddenly falls to Earth. Could it crush someone? Well, yes, it could crush someone. Everything around it would burn; the seas would overflow their banks and flood everything. Smoke would cover the sun, then it would get cold and everyone would freeze.

But we were also afraid the smoke would cover the sky like a lid on a pot. It would get hotter on Earth. Then the arctic snow would melt and flood everything.

There you go! You're already laughing!

We were also afraid of aliens. We were afraid they'd come to Earth from other galaxies, see what a beautiful planet we had, and then try to take it away. They'd capture our women, put the men to work in mines, and eat our children.

That's why we kept making more and more nuclear bombs just in case we had to blow up an asteroid, drive away aliens, or wage war against one another.

изменять животных и растений. Например, выращивать яблоки – большие, как арбуз. Или куриц размером с носорога. Это – чтобы много было еды.

Но боялись, конечно, не этого. Боялись, что ученые возьмут, к примеру, муху и скрестят ее со слоном. И получится маленький летающий слон или здоровенная муха. Или яблоко, которое может кусаться! Или... нет, плакать не надо, никто уже давно не делает таких экспериментов!

А еще все боялись, что в Землю попадет астероид. Астероид – это такой огромный камень, который летит себе в небе, летит, а потом вдруг как упадет на Землю! Придавит? Ну, кого-то придавит. И все вокруг загорится. А еще моря выйдут из берегов и все затопят. А дымом закроет солнышко, и станет холодно, и все замерзнут.

Хотя на самом деле мы еще боялись, что когда дымом покроет все небо, то это будет словно крышка на кастрюле. И на Земле будет становиться все жарче и жарче. И тогда растают снега и тоже все затопят.

Ну вот, ты уже смеешься!

Инопланетян мы тоже боялись. Мы боялись, что они прилетят на Землю с других звезд, увидят, какая у нас красивая планета, и захотят ее отобрать. А наших женщин заберут в полон. А мужчин отправят работать на рудники. А детей вообще съедят.

Поэтому на всякий случай мы делали все больше и больше ядерных бомб. Чтобы взорвать

Silly? Yes, my child, we were silly. We were afraid of everything, but we didn't cry. Do you hear me?

We were afraid of such silly things—it's funny to recall.

For example, we were afraid of losing our jobs. No, we didn't like our jobs, but we were afraid of losing them.

We were afraid that someone would steal something from us. What exactly? Well, anything.

We were afraid our neighbors would say bad things about us. Well, it's not the end of the world, of course. But we were very afraid of that. We wanted to look like the best people in the world.

We were very afraid of dictatorships. A dictatorship is when one person begins to give orders to everyone else and rules with an iron fist. That's what is referred to by the terrible word "tyranny."

That's how hard your grandpa's life was.

How did we stop being afraid?

It happened on its own.

At first people started fighting with one other. Sometimes the white people fought the yellow people; sometimes the black people fought the white people. But most often the white people fought other white people, the black people, other black people, and the yellow people, other yellow people. So that no one would be offended.

Since everybody wanted to fight but no one wanted to

астероид, прогнать инопланетян и повоевать друг с другом.

Глупые? Да, внучек. Мы были очень глупые. И всего боялись... Но не плакали, слышишь?

А еще мы боялись таких глупостей, что это просто смешно вспоминать!

Мы, к примеру, боялись потерять работу. Нет, работать нам не нравилось. Но работу потерять боялись.

Боялись, что у нас что-нибудь украдут. Что именно? Ну... что-нибудь.

Что соседи о нас плохо отзовутся. Да, не конец света, согласен. Но очень этого боялись, хотели выглядеть самыми лучшими в мире.

Очень боялись диктатуры. Диктатура – это когда кто-то один начнет всеми командовать и править жесткой рукой. Это называется страшным словом «тирания».

Вот такая была трудная у дедушки жизнь...

Как мы перестали бояться?

Ну, это получилось как-то само собой.

Вначале люди принялись между собой воевать. Иногда белые с желтыми, иногда черные с белыми. Чаще – белые с белыми, черные с черными и желтые с желтыми. Чтобы не обидно было.

Поскольку воевать хотелось всем, а умирать не хотел никто, то люди построили много-много умных

die, people built an enormous number of smart machines, which began to fight among themselves. But then the machines became so smart, they didn't want to die either. So they began to fight the people.

Some machines flew and some crawled, but they all beat people with their mechanical arms and threatened to use us like batteries.

Then we dropped nuclear bombs on them.

All the machines were instantly incinerated. It turned out we had no reason to be afraid of them.

The only bad thing was that the ozone layer started to disappear because of the bombs, and the sun began to burn more intensely. The nuclear bombs and the sun rays made germs and viruses mutate quickly, and many new, horrible diseases appeared on Earth. But then the ozone layer disappeared entirely and all the viruses and germs died out very fast. This is why many people now think the disappearance of the ozone layer was an extremely fortunate thing.

Everyone who survived became not white, not yellow, not black, but green, like now, and so they stopped fighting over the color of their skin.

Well, actually, not entirely. There was still a little fighting—between the light greens and the dark greens.

We no longer feared starvation because there were so many fewer people. Nevertheless, the scientists who remained finished with their genetic experiments. They

машин. И те стали воевать между собой. Потом они стали такие умные, что тоже не захотели умирать. И начали воевать с людьми.

Некоторые машины летали, некоторые ползали, и все они колотили людей манипуляторами и грозились, что сделают из нас батарейки.

Тогда мы и сбросили на них атомные бомбы.

Все машины от этого сразу перегорели. Зря мы их боялись на самом-то деле.

Плохо только то, что озоновый слой от атомных бомб начал разрушаться, и солнышко стало очень больно жечь. От атомных бомб и солнечного излучения микробы и вирусы быстро мутировали, и появилось много новых страшных болезней. Но потом озонового слоя совсем не стало, и все вирусы и микробы очень быстро померли. Так что многие считают, что озоновый слой разрушился крайне удачно.

Все люди, которые к тому времени остались, после этого стали не белыми, не желтыми и не черными – а такими как сейчас, зелеными. И сразу перестали воевать из-за цвета кожи.

Ну, разве что самую чуточку – светло-зеленые с темно-зелеными...

Голода мы уже не так боялись, потому что людей стало гораздо меньше. К тому же те ученые, которые еще остались, все-таки довели до конца свои

hadn't been able to produce more food as they were forbidden to experiment on animals. And so people grew smaller and needed less food.

And the sun—yes, it burned more and more intensely. The Earth began to burn. But then, luckily, an asteroid fell into the Pacific Ocean. Such waves rolled in that they put out all the fires. And the ash rose into the air and hung there, completely replacing the ozone layer. It's a shame, of course, that the sun is no longer visible; it's just a shiny spot shimmering behind the clouds . . .

Since then, winters, of course, are very cold. But because volcanoes began to erupt all across the Earth after the asteroid hit, everything gradually evened out.

And then evil aliens landed. It turns out that they'd dropped the asteroid on us—to scare us.

At first the aliens started capturing the men and forcing them to work in mines. But it so happened that not a single one of the men could lift a shovel anymore. Then the evil aliens started to bite our young children. But it turned out that as we grew smaller and greener, we became poisonous too.

Especially our children.

Then the aliens demanded that we turn over all our

генетические эксперименты. Еды от этого не прибавилось, потому что экспериментировать на животных ученым запретили. Зато люди стали меньше размером, и еды им требовалось немного.

А солнышко – да, оно пригревало все сильнее. Земля стала гореть. Но тут, по счастью, прилетел астероид и упал в Тихий океан. Волны прокатились такие, что все пожары сразу погасли. А пепел поднялся в воздух, повис там и вполне заменил озоновый слой. Жалко, конечно, что солнышка теперь совсем не видно, только пятно сквозь тучи светит...

Зимы, конечно, с тех пор очень холодные. Но поскольку по всей Земле после падения астероида стали извергаться вулканы, то мало-помалу все наладилось.

Вот тут как раз и прилетели злые инопланетяне. Как оказалось, астероид на нас тоже они сбросили – чтобы напугать.

Вначале инопланетяне стали хватать мужчин и заставлять их работать в рудниках. Но оказалось, что ни один мужчина больше не может поднять лопату. Тогда злые инопланетяне принялись кусать маленьких детей. Но выяснилось, что с тех пор, как мы стали зелеными и маленькими, мы стали еще и ядовитыми.

Особенно дети.

Тогда инопланетяне потребовали отдать им всех

women. We protested, of course, but the women gathered together and went as a group to the aliens. This is when they flew away. Everyone, except for those who'd lost their minds when they saw our women . . . Don't cry! You know that your mom only comes out of her cave at night!

We stopped being afraid of silly little things like getting fired from a job or having something stolen.

First, no one works anymore. Second, there's nothing to steal.

We completely stopped feeling bad that our neighbors would think poorly of us! Who cares about the opinion of those stupid, spiteful light greens?

And it's silly to be afraid of a crafty dictator who will bring tyranny. You know, when someone grows a little taller than the others or becomes a little shorter, we all immediately go and beat them up. We're even ready to call the light greens for help.

And since then, my child, we've stopped being afraid. We've become very brave—and no longer cry, not even when we see a frog . . .

Wipe away your tears. Grandpa will take his spear and we'll go hunting for frogs. You, child, go ahead because you're young and very vulnerable. I'll walk behind you with my spear. And tonight your mom will cook the frog for the entire tribe.

наших женщин. Мы, конечно, протестовали, но женщины сами собрались и всей толпой пошли к инопланетянам...

Вот тогда они и улетели. Все, кроме тех, которые сошли с ума, когда увидели наших женщин... не надо плакать! Ты же знаешь, мама выходит из пещеры только в темноте!

Всяких мелких глупостей вроде увольнения с работы или воровства мы тоже перестали бояться.

Во-первых, никто теперь не работает. Во-вторых – воровать у нас нечего.

Про то, что соседи о нас плохо подумают, мы и вовсе печалиться перестали! Кого волнует мнение этих тупых злобных светло-зеленых?

Ну а насчет коварного диктатора, который установит тиранию, бояться просто смешно. Ты же знаешь, что если кто-то вырастет чуть выше других или станет чуть умнее – мы все вместе тут же идем его бить. Даже светло-зеленых готовы позвать на помощь.

Так что с тех пор, внучек, мы перестали бояться. Стали очень смелыми – и больше не плачем, даже увидев страшную лягушку...

Вытри-ка слезы, а дедушка возьмет свое копье, и мы пойдем на нее охотиться. Ты, внучек, пойдешь впереди, потому что маленький и сильно ядовитый. Я сзади, с копьем.

А ночью мама приготовит лягушку для всего племени.

The Lithuanian Hand

Литовская Ручка

Julia Kissina

Translated by Brian James Baer

I went to a flea market, and there were wives selling mummies of their husbands—veterans of the Great Patriotic War.* And the mummies weren't lying down; they were standing up, leaning against polished wooden boards. Almost all the mummies were in military uniforms. One was a lieutenant, another a major in a rotting high-collared jacket, and a third a simple soldier. One woman had a dried Tajik dressed in an Indian costume—he'd been an actor in Dushanbe before the war. And the mummies were all richly decorated. Some even had gemstones in place of their eyes. And these poor, indigent old women, with their last ounce of strength, were boasting, vying with one another in praise of their goods, and haggling with the customers.

"My Vanyok was sent to the front when he was seventeen. That's why I'm still a virgin. But I don't regret it. I've kept my love for him through the years like a nail. My room is filled with portraits of him! After his contusion, he suffered. He couldn't be a man. He cried all the time. But toward the end of the war, we got married all the same. I waited for him to be cured and to give me children. The war ended and everyone was happy, but in December of '46 he died in the hospital. It was cold there and he froze to death. He'd been kind to all the crippled

---

*The Great Patriotic War is the official Russian designation for World War II.

Прихожу на блошиный рынок, а там жены продают мумии своих мужей-ветеранов Великой Отечественной.[1] И не лежат мумии, а стоят на деревянных, хорошо отполированных дощечках. Почти все мумии были в военной форме: кто лейтенант, кто майор в истлевшем кителе, кто простой солдатик. А у одной был в костюме индейца сушеный таджик – до войны он актером служил в Душанбе. И богато украшены мумии: у некоторых даже вместо глаз драгоценные камни. А бедные нищие бабки из последних сил друг перед другом хвастаются и наперебой расхваливают свой товар, торгуются с покупателем.

– Мой Ванек[2] семнадцати лет на фронт пошел. Вот я девкой и осталась. А не жалею. Любовь мою я как гвоздь сквозь годы пронесла-сохранила. В комнате моей все его портреты, портреты, портреты! После контузии мучался, не смог мужчиной стать, все плакал. А мы в конце войны все-таки поженились. Ждала я, пока он вылечится, детей мне сделает. Война кончилась, все рады, а он в декабре сорок шестого скончался в госпитале. Там холод был.[3] Вот его и заморозило. Он добрый был ко всем калекам, за это правительство и решило наградить его посмертно. Вот мне пособие и дали на

people, and for that the government decided to give him a medal after he was dead. And they gave me some money to have him mummified. But the first mummifier I came across was such a bastard. He was a non-Russian, a foreigner (probably a Jew)."

"Oy, how I suffered. Our apartment was very damp— the windows faced West—and in the early fifties my sister and I began to notice a strange smell. It smelled until 1956. And our apartment was so small then. For six years I looked all around, and then I found out what it was! Sergei was moldy. He'd been standing near the balcony and his hand caught a draft. So I called the doctor, but he balked: 'Why would you want me to treat a corpse?' I told him, 'That's my husband, Sergei Afanasievich Petrenko, a war hero, not a corpse.' Then the doctor asked: 'Why is he mummified like an Egyptian pharaoh?' 'The government ordered it,' I said. Evidently, the doctor was a Communist. 'We have only one mummy,' he said, 'Vladimir Ilyich Lenin. I'm going to report you.' 'Who are you going to report me to?' 'To the appropriate authorities,' he said."

"Yes, we had a lot of troubles after the war," lamented another old woman. She leaned against her mummy and sighed. Then they caught sight of me and broke into radiant smiles and began to scurry about.

"Come here, dearie, we'll tell you about our goods. We'll let them go for cheap."

"I'm afraid I don't have enough money."

"What are you saying, dearie? You can pay in

мумифицирование. Мумификатор попался поначалу такая падаль, скряга, нерусский какой-то, чужак... (яврей, наверное).

– Ой, а сколько я намучилась-навозилась. У нас была сырая квартира – окнами на север. И в пятидесятые годы, чувствуем с сестрой, – несет по всей квартире. Все пятидесятые до пятьдесят шестого воняло. А квартира у нас тогда маленькая была. Искала я, искала, шесть лет по дому рыскала, нашла-таки! Серега плесень дал. Стоял он у нас тогда около самого балкона. Вот ему и надуло в руку. Пригласила я доктора, а он на меня вылупился, чего, мол, мертвеца лечить. А я ему: муж это мой Сергей Афанасьевич Петренко, герой войны и не мертвец. А доктор: «Чего ж мумия, как из египетского фараона?» – «Правительство распорядилось», – говорю. А тот, видать, коммунист попался: «Мумия у нас одна, – говорит, – Владимира Ильича.[4] А я на вас заявлю куда надо». – «А куда это?» – «В какие надо органы», – говорит.

– Да, много мы намаялись после войны, – вздыхает другая бабка. Оперлась о свою мумию и вздохнула. Тут они меня увидели и заулыбались и расплылись.

– Иди сюда, дочка, мы тебе про товар расскажем и недорого возьмем.

– Боюсь, у меня денег не хватит.

– Да что ты, дочка, можно и в рассрочку. Я бы

installments. I wouldn't have put my Indian up for sale for anything. I would have admired him my whole life long and then left him to my grandchildren, but, oh, you know what times these are."

The other old women began to hum and buzz.

"There's nothing to eat and we have to feed our grandchildren."

"We need money for bread—does that make us traitors to our husbands?"

"We're not angry widows . . ."

"I'll put a gold ring on his finger and you, young foreign lady, you can sell it and buy a computer."

"But how will I get it home?"

"Take a taxi. We have boxes—strong ones, three millimeters thick, with cotton wool for padding."

"You won't regret it. He'll make a nice decoration for your apartment."

"Go on, take it," the old women began once again to hum.

"He's not rotten is he, your Indian?"

"What are you saying? We had him completely restored in 1960. Now he's ready for your Munich art gallery.

"My son helped me reinforce his father. He's a scientist. When he was a child after the war he'd go digging around inside his dear father. He didn't sleep at night—he was always exploring. Such a curious boy. And then he up and became a biologist. And the

своего индейца бы ни за что не продала – всю
бы жизнь на него до смерти любовалась бы и
внукам оставила бы, ой, сама знаешь, какое теперь
время.

Другие бабки загудели-зажужжали:

– Есть-то нечего, а внуков надо кормить.

– На хлеб нам денежки нужны, что ж мы – своим
мужьям предатели?

– Не такие уж мы сердитые вдовы...

– А я ему на палец золотое колечко одену, а ты,
дочка, иностранка, колечко продашь и компьютер
купишь.

– А как я его повезу?

– А возьмешь такси. А коробки у нас есть – из
трехмиллиметровой фанеры, крепкие, с ватой для
лучшей сохранности.

– И не пожалеешь. Он тебе квартиру украшать
будет.

– Бери, бери, – снова загудели бабки.

– А не трухлявый он, ваш индеец?

– Да что ты, мы его в шестидесятом году
починили накрепко. Теперь бы и для вашей
Мюнхенской пинакотеки сгодился бы.

Мне сын помогал отца укреплять. Он у меня
ученый. В детстве-то после войны ковырял-ковырял
родимого, ночами не спал – все исследовал –
любопытный такой был мальчонка, а потом взял и на
биолога выучился. А дети со двора все дивились. Во,

neighborhood kids were amazed: 'Hey, you're lucky. Where did you get that mummy of your dad?' And he was so proud of it—the government ordered it and so it happened. And everyone envied him. So take the mummy, put it next to the sideboard in your living room, and everyone will envy you too."

"You should take my Andrey Petrovich instead. He has magical powers—he cures people. A priest blessed him for ten rubles a long time ago. Then he started to bring people luck. One time a neighbor stopped by. She told me she had stomach cancer and cried, the poor thing. So I told her: 'Spend a night in the room with our Andrey Petrovich—and it will go away like that.' And can you imagine, it went away like that. Now she runs around like a goat. She's in her sixties and she runs around like a goat. She kept asking if she could have Andrey Petrovich, or at least a finger. 'It'll be like a relic in a church,' she said, although that pig wasn't even religious. But then the hard times came and one black day I sold her a finger. Then *he* got mad at me for having cut it off. I got so sick. My daughter, Katya, nursed me back to health. But now she's dead and I have no one but Andrey. I have nothing to live on, but I'm sad to part with him." The old woman embraced the mummy and broke into tears. The others rushed over to comfort her, telling her she'd spoil her mummy, and they hissed at me.

"Why are you just standing there, staring? Either buy something or go away. You'll jinx our business."

повезло тебе, и откуда у тебя это мумия твоего папаши. А он гордый был – правительство распорядилось – так оно и сталось. А все и завидовали. Вот возьмешь мумию, поставишь у серванта в гостиной – придут гости и тебе тоже завидовать будут.

– Бери лучше моего Андрея Петровича. Он у нас волшебный – всех лечит. Его батюшка освятил за десять рублей уже давно. Вот он и стал всем счастье приносить. Пришла ко мне как-то соседка, говорит – у нее рак желудка, плачет, горемычная. А я говорю: переночуй в комнате с нашим Андреем Петровичем – все как рукой снимет. И представь – все как рукой сняло. Бегает, как коза, уже седьмой десяток, а коза. Она у меня все его выпрашивала, хотя бы пальчик его. «Как в церкви будет реликвиям, говорит, а сама сволочуга – неверующая. Ну тяжелые времена настали, черный день был – продала я ей пальчик, а ОН на меня и рассердился, что я ему палец-то отрезала. А потом я как тяжело заболела. Меня дочка Катя выходила. А теперь Катюша умерла – и никого у меня кроме Андрея нету, а есть не на что и расставаться с ним жаль. – Бабка обхватила мумию и зарыдала. Другие бросились ее успокаивать, мол, мумию-то испортишь, и на меня шикать.

– Ну чего стоишь пялишься. Или покупай, или уходи, а то нам торговлю сглазишь.

I spit three times and trudged over to the edge of the market where less pushy women were selling only heads. They didn't brag as much about their goods. And the heads weren't even their husbands'; some were purchased at one time or another cheap, others were brought back after World War II, or from Afghanistan—those were a little fresher. You could even find imported heads, from Yugoslavia.

I went up to one of the saleswomen. She was perched on some wooden crates and was selling a woman's hand on a board. A heart had been painstakingly embroidered onto the hand, and on the heart there was a cross—all of it sewn right on the hand.

"Buy the hand," she said. "It's from Lithuania, a Lithuanian hand. I stuffed it and embroidered it myself. And I had it blessed. I'll give it to you cheap, dearie. Just fifteen dollars."

"Ten."

"Thirteen."

I bought the Lithuanian hand from her, although I suspected it was all lies and that she'd purchased it in some Moscow morgue or hospital. You can't take a hand across the border. It wouldn't make it through customs. And what did I need it for there, when I could do a good deed here, in Moscow. I'll bring it to Nastya's. Her birthday's this Friday!

Я сплюнула три раза[5] и поплелась к краю рынка, туда, где менее наглые бабки продавали только головы. Эти не столько кичились своим товаром. Да и головы не мужние были, а так – когда-то купленные по дешевке, или после войны, или посвежее – из Афганистана привезенные. Встречались и импортные товары – из Югославии.[6]

Я подошла к одной из продавщиц. Она устроилась на деревянных ящиках и продавала женскую руку на дощечке, а на руке было сердце трудолюбиво вышито, а на сердце – крест, прямо на кисти.

– Купи ручку, – говорит, – ручка литовская, литовская ручка. Я ее сама мумифицировала, сама вышивала, она освященная. Дешево отдаю, дочка. Всего за пятнадцать долларов.[7]

– Десять.

– За тринадцать.

Я купила у нее эту «литовскую ручку», хотя подозревала, что это все вранье и что руку она купила в одном из московских моргов или больниц. Так, за границу руку не вывезти. Таможня не пустит. Да и зачем она мне там, а здесь, в Москве, можно доброе дело сделать. Отнесу-ка я ее Насте. У нее в пятницу день рожденья!

The Tattoo

Наколка

Evgeny Grishkovets

Translated by Brian James Baer

I forget at what age my hands started to look like my father's. Exactly like them. It's so weird. I'd never noticed any real resemblance to my father. We don't look at all alike. All the same, when I was around sixteen or seventeen, people started to have a hard time telling our voices apart. So when I'd answer the phone at home, many of my father's colleagues or friends would start talking to me as if I were my dad. But I couldn't hear any similarity in our voices. I'd known my father's voice since birth; I loved it, and couldn't confuse it with anyone else's. And I heard my own voice in a very different way than others heard it.

I never liked to hear anyone say that someone looks like me or that I look like some actor. I don't see anything good in looking like someone else. Once when I was a child, during that pleasant and lingering state of reverie before you fall asleep, when the most unexpected ideas and thoughts suddenly enter your mind, I was drifting off and for some reason thought about what my life would be like if I had a twin brother. That is, another person just like me in the world. I didn't like the idea. It even frightened me. But at some point I distinctly observed that my hands had become just like my father's. And I was happy about it. I don't know why.

Не помню, в каком возрасте мои руки стали такими же, как у моего отца. Совершено такими же. Как это странно! Я никогда не чувствовал большого сходства с отцом. Да мы и не похожи. Правда, когда мне исполнилось лет шестнадцать-семнадцать, наши голоса стали путать. То есть когда дома звонил телефон и я брал трубку, многие отцовские коллеги или друзья начинали говорить со мной, думая, что я – отец. Но сходства наших голосов я не чувствовал. Голос отца я знал с рождения, любил и ни с каким другим спутать его не мог, а свой голос я слышал совершенно не так, как слышали его другие.

Меня никогда не радовало, когда кто-нибудь говорил, что кто-то со мной внешне схож, или что я похож на какого-нибудь артиста. Не вижу ничего хорошего в том, что кто-то или я на кого-то похож. В детстве, во время приятных и тягучих мечтаний перед сном, когда в голову неожиданно приходят самые неожиданные соображения и идеи, и засыпал и зачем-то подумал о том, как бы я жил, если бы у меня был брат-близнец. То есть в мире был бы точно такой же человек, как я. Мне эта идея не понравилась. Меня эта мысль даже напугала. Но с какого-то времени я отчётливо обнаружил, что мои руки стали такими же, как у моего отца. И это меня обрадовало. Почему, не знаю.

I was recently surprised by this simple thought . . . Do you know what we look at most often and for the longest time throughout our lives? What we see constantly, what is always right before our eyes? Our hands! We're almost always keeping track of what they're doing. They're almost always in our field of vision. Our hands!

What haven't they done? How many things they've touched! What labor was required for them to draw their first letters and numbers, but how adept they were at molding clay! How I swore at them and hated them for not being able to play the guitar, and how proud I was of them when among my friends I was the best at pitching a tent and tying knots. I got tired of looking at my helpless hands when I didn't know how to live, what I should do, or why I should do it. And then my hands started to look just like my father's. Exactly like them. The only difference is that on my left wrist near my thumb, there's a small tattoo of a little blue anchor. It's already hard to tell it's an anchor—over the course of two decades the tattoo has lost its shape, faded somewhat, but it's an anchor.

It's a homemade tattoo. It wasn't done by a professional machine in a tattoo parlor but by a tried-and-true method using a long, thin needle made from a guitar string. Just a simple needle dipped in

Я недавно понял и удивился этой простой мысли... Знаете, что мы больше, чаще и дольше всего наблюдаем в своей жизни? Что мы постоянно видим и что все время у нас перед глазами? Наши руки! Мы почти все время следим за тем, что они делают. В общем, они почти всё время в поле зрения. Руки!

Чего только они не делали! К чему только не прикасались. С каким трудом они выводили первые буквы и цифры и при этом как ловко они лепили из пластилина! Как ругал я их и ненавидел, когда они так и не смогли играть на гитаре, и как гордился я ими, когда лучше своих приятелей ставил, натягивал палатку и вязал узлы. Как устал я наблюдать свои беспомощные руки, когда не знал, как мне жить, что делать и зачем что-то делать. А потом мои руки стали такими же, как у отца. Точно такими же. С единственной только разницей: у меня на левой руке, на запястье, рядом с большим пальцем, есть маленькая татуировка, точнее, наколка, маленький синий якорь. В нем уже трудно угадать якорь – за два десятка лет наколка потеряла четкость, немного расплылась, но это якорек.

Это именно наколка, а не татуировка.[1] Ее кололи не хорошей профессиональной машинкой в татуировочном салоне, а кололи старинным и простым способом, тонкой, длинной иглой, сделанной из гитарной струны. Да, просто иглой,

standard office ink. The ink goes deep, and it lasts
for life.

I remember I really didn't want to do it. The sight of a
blue tattoo on my hand, whatever it looked like, seemed
awful to me. No matter how a person dressed, no matter
how he spoke, no matter how he behaved, a little blue
tattoo on his hand would draw people's eye, hinting at
some mysterious, and more likely stupid, not to mention
scary, past. The idea of an indelible drawing that had
been absorbed and sucked into my skin frightened me.
But I was pushed, prodded, and cajoled, and now a tiny
tattoo shines blue on my left wrist. I was twenty years old
at the time. I was in the Navy.

My sergeant on the ship was Lyosha Milyov. He was
only three years older than me, but at that age that's a big
difference. Lyosha was a real sailor. And his last name
suited him.* He was born and raised in the city of
Nakhodka. He graduated from some vocational
school there and worked doing ship repairs before
entering the Navy. His whole life was connected with the
sea, which he'd seen, smelled, heard, and known since
the day he was born. Serving in the Navy was second
nature to him. Lyosha was a very nice guy. Very naive in
his views about most of the things that happen in life,
about the complexities of human relationships,
and in general, about the way the world works. But

---

*The surname Milyov is formed from the Russian root *mil*, meaning "nice" or
"kind."

смоченной в обычных канцелярских чернилах.
Кололи глубоко и на всю жизнь.

Помню, я очень не хотел ее делать. Сам вид синей
наколки на руке, какой бы она ни была, мне казался
ужасным. Как бы ни был одет человек, чтобы он ни
говорил и как бы себя ни вел, маленькая синяя
наколка на руке обязательно перетянет и намекнет на
неведомое, а скорее всего, глупое, а то и страшное
прошлое. Сама мысль о несмываемом рисунке,
впаянном и всосавшемся в мою кожу, пугала меня.
Но уговорили, убедили, настояли, и наколка засинела
на запястье левой руки. Мне тогда было двадцать
лет. Я служил моряком.

Моим старшиной на корабле был Леша Милев. Он
был старше меня на три года, а в том возрасте это
существенная разница. Леша был настоящий моряк.
И очень соответствовал своей фамилии.[2] Родился и
вырос он в городе Находка. Там он закончил
какое-то училище и до службы работал на
судоремонтном заводе. Вся жизнь его была связана с
морем, он его видел, нюхал, слышал и знал с
рождения. Морская служба давалась ему легко и
просто. Леша был очень добрый парень. Очень
наивный в своих представлениях о большей
части жизненных проявлений, о сложностях
человеческих отношений и об устройстве мира в
целом. Но он знал море, моряков и коробли. И если

he knew the sea, sailors, and ships. And if he didn't know something about these things, he'd guess.

He treated me better than everyone else. He sympathized with me. No matter how many times I explained to him what I did at the university, that I'd studied in the philology department, he just couldn't understand how someone could study such a boring, complicated subject that had absolutely nothing to do with life as he understood it. He was a sympathetic listener. He saw that I liked what I was talking about, and that made him feel even sorrier for me.

The most surprising and unique thing about my sergeant, Lyosha Milyov, was that, while serving on a ship was easy and even enjoyable for him, he understood that for some people (me, in particular) it might be difficult and bleak. I've rarely encountered this quality in people. He didn't get into the specifics about how I felt. He just helped me and sympathized with me. He didn't worry about it. He just sympathized and helped.

He's the one who persuaded me to get the anchor on my hand. If anyone else had tried to persuade me, no anchor would have ever appeared on my hand. But Lyosha was able to do it. He had a huge anchor on his left wrist. His hands were twice the size of mine and a lot stronger, and so was his anchor.

"You have to get an anchor," Lyosha would repeat every day, sadly but persistently, looking first at my virgin left hand, then into my eyes. "Every sailor should have an

чего-то он в этой сфере не знал, то догадывался
обо всем.

Он относился ко мне лучше всех. Он сочувствовал
мне. Сколько бы я ни объяснял ему, чем я занимался
в университете и что изучал на филологическом
факультете, он все равно не мог понять, как можно
завиматься таким скучным, сложным и совершенно
не имеющим никакого отношения к понятной ему
жизни делом. Он слушал меня сочувственно. Он
видел, что мне нравилось то, о чем я говорил, и от
этого он жалел меня еще сильнее.

Самым удивительным и редким в моем старшине
Лёше Милеве было то, что служба на корабле была
для него легкой и даже приятной, но он догадывался,
что кому-то она может быть тяжелой и суровой.
(Мне, в частности). Я редко встречал такое качество в
людях. Он не вдавался в подробности моих
переживаний. Он просто помогал и сочувствовал
мне. Не заботился. Сочувствовал и помогал.

Вот он-то и уговорил меня наколоть якорь на
руку. Если бы кто другой пытался уговорить,
никакого якоря у меня на руке не появилось бы. Но
Лёша уговорил. У него самого на левом запястье был
здоровенный якорь. Руки у него были вдвое больше
и много сильнее моих, и якорь соответственно.

– Ты должен наколоть себе якорь, – каждый день
грустно, но настойчиво повторял Леша, глядя то
на мою девственную левую руку, то мне в

anchor on his left hand. On the left one, because that's where the heart is."

"Lyosha," I answered him with the same persistence and weariness, "I'm not getting one. It'll upset my mom. Don't you see?"

"Your mom'll be glad when you return," Lyosha went on. "But you may not return without an anchor."

"Why's that?"

"Because! The sea wants to be respected. It doesn't want to be feared; it wants to be respected. The anchor's a tradition, don't you see? It's a tradition among sailors! It shows respect for the sea. It's a good sign. If a sailor has an anchor, it means he'll return to his native shore. But if there's no anchor, then you're not a sailor. And if you're not a sailor, then why should you return—and where would you return to? How many years have sailors been getting anchors? It's not so simple. It's a tradition."

"Well, what kind of sailor am I, Lyosha?" I answered in a monotone. "Now, you're a sailor. You'll go back to your shipyard with your anchor and you'll be great there with your anchor. But I'll go back to the university and things'll be impossible for me!"

"Why do you say you're not a sailor?" Lyosha asked, sincerely insulted on behalf of the sea and sailors. "You wear a Navy uniform, you're on a ship in the same quarters with all of us. You should be proud of this . . ."

And so every day Lyosha would find new arguments or repeat his old ones, and I would refuse. This lasted a

глаза. – Каждый моряк должен иметь якорь на левой руке. На левой, потому что от сердца.

– Лёша, – так же настойчиво и нудно отвечал ему я, – не буду я его колоть. Мама огорчится. Понимаешь?

– Мама будет рада, когда ты вернешься, – продолжал Леша, – а без якоря ты можешь не вернуться.

– Это почему?

– А потому! Море любит, чтобы его уважали. Оно любит, чтобы его не боялись, а уважали. Якорь – это принято, понимаешь? Так принято у моряков! Это уважение к морю. Это хороший знак. Если есть якорь, значит, моряк вернется к берегу родному. А если якоря нет, то ты не моряк. А если ты не моряк, зачем и куда тебе возвращаться? Сколько лет все моряки колют якоря. Это же не просто так тебе. Так принято.

Ну какой я моряк, Леша? – монотонно отвечал я. – Вот ты моряк. Ты вернешься с якорем на свой судоремонтный завод и будешь там с якорем отлично. А я вернусь в университет и буду там никак!

Как это ты не моряк, – искренне обижался за море и моряков Леша. – Ты морскую форму носишь, ты на корабле с нами в одном кубрике... Ты гордиться этим должен...

И так каждый день Леша находил новые или приводил старые свои аргументы, а я отнекивался.

long time. But then spring came, and Lyosha had to go home while I had another year left to serve.

"You have to get an anchor," Lyosha said in a sad voice a few days before the end of his service. "On the left hand. Because the left is where the heart is."

"Lyosha," I answered, "I'm not getting an anchor. My mother will cry, and my father will yell at me."

"So what," he said in a huff. "You need an anchor. It's your life, not theirs!"

"Don't talk nonsense . . ."

Once again we discussed the topic of the anchor and then moved on to something else.

During his last evening on board, Lyosha was very agitated. He prepared the table for his farewell party and treated us all to some good tea, candy, and cookies. He then gave away his possessions. He gave me his pillow, which was better than mine. I also came into possession of his knife, which he'd made out of stainless steel. Lyosha was worried; he was afraid he might forget to give away things that were, in his opinion, important. He was clearly worried about the fate of the ship and all its crew.

"You must get an anchor," he said, almost desperately. "It's very important."

"Uh-huh," I answered calmly. "On the left hand, because that's where the heart is. Calm down, Lyosha! Go home . . ."

Это длилось долго. Но пришла очередная весна, и Лёша должен был вернуться домой, а мне предстояло служить еще год.

– Ты должен наколоть якорь, – за несколько дней до окончания службы грустно сказал Леша, – на левой руке. Потому что левая рука от сердца.

Леша, – ответил я, – не буду я колоть якорь. Мама будет плакать, а отец ругаться.

– Ну и что, – в сердцах сказал он, – якорь-то нужен тебе. Тебе жить, не им!

– Не говори глупости...

Мы в очередной раз обсудили тему якоря и переключились на что-то другое.

В последний свой вечер на корабле Леша очень волновался. Он накрыл прощальный стол, угостил всех хорошим чаем, конфетами и печеньем. Раздал своё имущество. Мне он завещал свою подушку, которая была лучше моей. Еще мне достался его нож, изготовленный им же из нержавеющей стали. Леша волновался, боялся забыть отдать какие-то, по его мнению, важные распоряжения. Он заметно беспокоился о судьбе корабля и всех членов экипажа.

– Ты должен наколоть якорь, – почти отчаянно сказал он. – Это очень важно.

– Ага, – спокойно ответил я, – на левую руку, потому что от сердца. Успокойся, Леша! Езжай домой...

"I don't understand how you're going to meet girls without an anchor on your hand!" he said, almost yelling as he threw his hands in the air helplessly, in despair.

"What do you mean?" I asked, genuinely surprised.

I was truly surprised not only by his words, but by his tone and by the real concern that animated his final and most convincing argument.

"What do you mean by 'what do you mean'?" Lyosha teased me. "Without an anchor you're not only not a sailor, you're who knows what!"

"Explain what you mean," I said, interrupting him.

"What's there to explain?!" Lyosha said, without the slightest hope of success, having grown used to my stubbornness. "A sailor needs an anchor on the left hand, on the side of the heart, first and foremost to meet girls."

"What?"

"What are you staring at? I go to a dance. I look around, check out the situation. Then I choose a girl, walk up to her, and say: 'Could I drop anchor here?' And then I take her hand or I put my hand on her shoulder. But only the left hand, you see? The left! Because it's from the heart!" he said quickly, fervently, and then put his hand on my right shoulder. He put it there and then immediately took it away.

"Lyosha! You're really something!" I said. I was silent for a moment, then let out a sigh. "Let's do it!"

– Да я не понимаю, как ты будешь с девушками знакомиться без якоря на руке! – почти закричал он, разведя руки в стороны, беспомощно и отчаянно.

– То есть? – искренне удивился я.

Я искренне удивился не только его словам, но его интонации и настоящей заботе, которая звучала в его последнем и самом весомом доводе.

– Что, то есть? – передразнил меня Леша. – Ты без якоря не только не моряк, но и вообще непонятно кто!..

– Ты объясни, что ты имел в виду, – перебил его я.

– Чего тут объяснять?! – без всякой надежды на успех и привыкнув к моему упрямству, сказал он. Якорь на левой руке, которая от сердца, нужен моряку в первую голову, чтобы с девушками знакомиться.

– Ну чего глазами хлопаешь? Вот я прихожу на танцы, посмотрю по сторонам, оценю обстановку, пригляжусь. Потом выберу девушку, подхожу к ней и говорю: «Разрешите здесь бросить якорь?» И беру ее за руку или кладу ей руку на плечо. Но только левую руку, понимаешь? Левую! Потому что она от сердца! – сказал он быстро, горячо и положил мне руку на мое правое плечо. Положил и сразу убрал.

– Леха!³ Ну, ты герой! – только и сказал я, помолчал немного и выдохнул: – Коли!

I said it, then stretched out my left hand.

Immediately they found a needle, some ink, and someone who knew how to do it.

The needle doesn't puncture so much as it burns. Five minutes after the first puncture, there was a clearly defined, black, somewhat bloody anchor on my hand. Soon it would heal and turn blue.

Lyosha left the ship early the next morning. I never saw him or heard anything about him again.

My mom was in fact very upset when she saw the anchor on my hand. My dad frowned and then, annoyed, cursed my tattoo. I never used my anchor to meet girls. I wanted to use it, but I didn't feel I had enough of a right to. I didn't feel I was fully a sailor, so I never tried to use it. I met girls in other less picturesque and romantic ways.

But I always like it when somewhere, at some social gathering or during some cultural event, someone will glance at the little tattoo on my left wrist, try to get a closer look, and then start thinking of me differently. For that person, my blue anchor immediately conjures up some mysterious, stupid, not to mention scary, past. When I see this, I give an enigmatic smile.

My anchor is starting to look more and more like a dark blue stain. I've gotten used to it because for the last

Я сказал это и протянул вперёд свою левую руку.
Тут же нашлись и игла, и чернила, и человек,
который умел колоть.

Игла не укалывала, она, скорее, обжигала. Минут
через пять после первого укола у меня на руке был
четкий, черный, слегка кровоточащий якорек. Вскоре
он заживет и посинеет.

Леша покинул корабль рано утром. Я его больше
никогда не видел и ничего о нем не слыхивал.

Мама действительно была очень огорчена, когда
увидела этот якорь у меня на руке. Отец усмехнулся
и досадно выругался по поводу наколки. Я никогда
не воспользовался моим якорем для знакомства с
девушками. Хотел воспользоваться, но не чувствовал
в себе достаточно на это прав. Не чувствовал себя
моряком вполне, вот и не решался. Знакомился
иначе, менее красиво и романтично.

Но мне всегда нравится, когда где-нибудь во
время светского мероприятия или в процессе какого-
либо культурного события... Мне приятно видеть,
как кто-нибудь зацепляется взглядом за мою
маленькую наколку на запястье левой руки, пытается
внимательнее ее разглядеть и начинает оценивать
меня иначе. Ему в моем синем якорьке сразу
мерещится неведомое, глупое, а то и страшное
прошлое. Я вижу это и таинственно улыбаюсь.

Мой якорек все больше и больше похож просто на
синее пятно. Я привык к нему, потому что последние

twenty years it's always been in my field of vision. Sometimes I smile at it, remembering the circumstances that led to its appearance on my skin. These circumstances can be described most succinctly as "youth."

The most amusing thing is that this little anchor, no matter how you slice it, is my only distinguishing feature. It's almost become a birthmark. But a birthmark I got not from my parents, but from life. Lyosha Milyov was very glad as he examined the fresh tattoo on my left hand. He was almost happy and clearly felt he'd done something important and good. I wouldn't argue with him—not then, not now.

I like that my hands have become just like my father's. Exactly like them. Except for the blue tattoo of a little anchor . . .

двадцать лет он все время находится в поле моего зрения. Иногда я ему улыбаюсь, вспоминая обстоятельства, при которых он появился у меня на коже. Эти обстоятельства короче всего можно назвать юностью.

Самое забавное, что этот якорек, как ни крути, моя единственная особая примета. Он практически стал для меня родимым пятном. Но родимым пятном, которое мне досталось не от родителей, а от моей жизни. Леша Милев был очень рад, когда рассматривал свежую наколку на моей левой руке. Он был почти счастлив и явно чувствовал, что сделал что-то хорошее и важное. Ни тогда, ни сейчас не поспорил бы с ним.

Мне нравится, что мои руки стали такими же, как у моего отца. Совершенно такими же. Вот только синяя наколка, маленький якорек...

Hands

Руки

Yuly Daniel

Translated by Brian James Baer

You, Sergei, you're an educated guy, polite. And so you don't say anything; you don't ask any questions. But our guys at the factory, they'll give it to you straight: "So," they say, "is Vaska drunk to his fingertips?!" They're talking about my hands. Do you think I didn't notice how you looked at my hands then turned away? And now you're trying to avoid looking at them. Brother, I understand everything. You do that out of tact, so you don't embarrass me. But go ahead, look—it's okay. I won't get offended. And, well, you don't see something like this every day. That, my friend, isn't from drinking. I don't drink very often, mostly when I'm with friends or on special occasions—like now with you. How could we not drink to our reunion? Brother, I remember everything. How we worked together in surveillance, how you spoke French with that White Army soldier, and how we took Yaroslavl . . . Do you remember how you stood up at that political meeting, took me by the hand—I happened to be sitting next to you—and said: "With these hands . . ." Ah, yes. Well, Seryozha, pour us another round. Or I'll start sniveling. I've forgotten what it's called, this shaking—the medical word for it. Well, anyway, I wrote it down; I'll show it to you later . . .

So, why did this happen to me? There was an incident. If I were to tell you in order, then I'd begin with when we were demobilized in 1921, the year of victory, and I

Ты вот, Сергей, интеллигент, вежливый. Поэтому и молчишь, не спрашиваешь ничего. А наши ребята, заводские, так те прямо говорят: «Что, – говорят, – Васька, допился до ручки?!»[1] Это они про руки мои. Думаешь, я не заметил, как ты мне на руки посмотрел и отвернулся? И сейчас все норовишь мимо рук глянуть. Я, брат, все понимаю – ты это из деликатности, чтобы меня не смущать. А ты смотри, смотри, ничего. Я не обижусь. Тоже, небось, не каждый день увидишь такое. Это, друг ты мой, не от пьянства. Я и пью-то редко, больше в компании или к случаю, как вот с тобой. Нам с тобой нельзя не выпить за встречу-то. Я, брат, все помню. И как мы с тобой в секрете стояли, и как ты с беляком[2] по-французски разговаривал, и как Ярославль брали... Помнишь, как ты на митинге выступал, за руку взял меня – я рядом с тобой случился – и сказал: «Вот этими, – сказал, – руками...» Да-а. Ну, Серега, наливай. А то я и впрямь расхлюпаю. Забыл я, как она называется, трясучка эта, по-медицинскому. Ладно, у меня это записано, я тебе потом покажу... Так вот – отчего это со мной приключилось? От происшествия. А по порядку если говорить, то расскажу тебе так, что, когда демобилизовались мы в победившем 21-м году,[3] то я сразу вернулся на свой

returned immediately to my factory. Well, there I was treated, needless to say, with honor and respect as a hero of the Revolution, as well as a member of the Party and a politically conscious worker. It can't be denied, of course, that there were some brains that needed to be straightened out. There were all kinds of gossips running around: "So," they'd say, "we finished fighting, we've set things up. But there's no bread. No grain . . ." Well, I cut that business short. I was always firm. You won't lead me through their Menshevik chaff. No way. Pour yourself another. Don't wait for me.

I'd only worked there a year, no more, when—*bam!*—I'm called to the Regional Committee. "Well," they said, "here's a train ticket for you, Malinin." "The Party," they said, "is mobilizing you, Vasily Semenovich Malinin, into the ranks of the valorous Extraordinary Commission to fight against counterrevolutionaries." "We wish you," they said, "success in the struggle against the international bourgeoisie, and give our humble regards to Comrade Dzerzhinsky if you should see him." Well, what was I to do? I was a member of the Party. "Yes," I said, "I will fulfill the orders of the Party." I took the ticket, ran back to the factory, said good-bye to the guys, and left. On my way, I imagined how I would mercilessly fish out all those counterrevolutionaries so they couldn't defile our young Soviet state.

Well, I arrived. I really did see Felix Edmundovich Dzerzhinsky, and passed on from our Regional

родной завод. Ну, мне там, ясное дело, почет и уважение, как революционному герою, опять же – член партии, сознательный рабочий. Не без того, конечно, было, чтобы не вправить мозги кому следует. Разговорчики тогда разные пошли: «Вот, дескать, довоевались, дохозяйничались. Ни хлеба, ни хрена..." Ну, я это дело пресекал. Я всегда был твердый. Меня на этой ихней меньшевистской мякине не проведешь. Да. Ты наливай, меня не дожидайся. Только проработал это я с год, не больше, – хлоп, вызы вают меня в райком. «Вот, – говорят, – тебе, Малинин, путевка. Партия, – говорят, – мобилизует тебя, Малинин Василий Семенович,[4] в ряды доблестной Чрезвычайной Комиссии,[5] для борьбы с контрреволюцией. Желаем, – говорят, – тебе успехов в борьбе с мировой буржуазией и кланяйся низко товарищу Дзержинскому, если увидишь». Ну, я – что ж? Я человек партийный. «Есть, – говорю, – приказ партии исполню». Взял путевку, забежал на завод, попрощался там с ребятами и пошел. Иду, а сам в мечтах воображаю, как я всех этих контриков беспощадно вылавливать буду, чтобы они молодую нашу Советскую власть не поганили. Ну, пришел я. Действительно, Дзержинского Феликса Эдмундовича видел, передал ему от райкомовцев, чего говорили.

Committee what I'd been told to pass on. He shook my hand, thanked me, and then he thanked all of us—there were thirty of us being mobilized by the Party. Then he ordered us into formation and said, "You can't build a house on a swamp; you have to," he said, "first drain the swamp, and then," he said, "when you do that you'll have to destroy all the toads and snakes, because," he said, "it's an iron-clad necessity. And we must all," he said, "put our hands to the task . . ." You see, he told us a kind of fairy tale or anecdote, and, of course, everything was understood. He was a stern one; he didn't smile.

After that, they split us up. Who, what, and where, they asked us. "Education," they said, "what kind?" "I got my education, you know, in the war with Germany and in the Civil War, and on the factory line—that's all my education. I finished two grades at our parish school . . ." So they assigned me to the command of the special service, and all they told me was that I would be executing sentences. It wasn't such hard work, but I wouldn't call it easy either. It affects your spirit. It's one thing, as you remember, at the front, where it's either him or you. But here . . . Well, I got used to it, of course. I would walk behind them through the courtyard, thinking and repeating to myself: "You *have* to do it, Vasily, you *have* to. If you don't finish him off now, that bastard will destroy the whole Soviet Republic." We drank, of course; that can't be denied. They gave us alcohol. As far as some kind of special rations, they say

Он мне руку пожал, поблагодарил, а потом всем нам – нас там человек тридцать было, по партийной мобилизации, – выстроил нас всех и сказал, что, мол, на болоте дом не построишь, надо, мол, болото сперва осушить, а что, мол, при этом всяких там жаб да гадюк уничтожить придется, так на то, говорит, есть железная необходимость. И к этому, говорит, всем нам надо руки приложить... Значит, он сказал вроде басни или анекдота какого, а все, конечно, понятно. Строгий сам, не улыбнется. А после нас распределять стали. Кто, что, откуда расспросили. «Образование, – говорят, – какое?» У меня образование, сам знаешь, германская да гражданская,[6] за станком маялся – вот и все мое образование. Два класса церковно-приходской кончил... Ну, и назначили меня в команду особой службы, а просто сказать – приводить приговоры в исполнение. Работка не так чтобы трудная, а и легкой не назовешь. На сердце влияет. Одно дело, сам помнишь, на фронте: либо ты его, либо он тебя. А здесь... Ну, конечно, привык. Шагаешь за ним по двору, а сам думаешь, говоришь себе: «Надо, Василий, НАДО. Не кончишь его сейчас, он, гад, всю Советскую Республику порушит». Привык. Выпивал, конечно, не без того. Спирт нам давали. Насчет пайков каких-то там особенных, что, дескать,

that Chekists get chocolate and white rolls, but that's all bourgeois fabrication. Our rations were the usual rations, normal, soldier's rations—bread, millet, and Caspian roach. But they did give us alcohol. You mustn't do that, as you yourself understand. Oh, well.

I worked in that way for seven months and then suddenly an incident occurred. We were ordered to execute a group of priests. For counterrevolutionary agitation. For malicious activity. They were probably sent from Tikhon.* Or they were just against socialism, I don't know. In a word—enemies. There were twelve of them. Our boss gave us orders: "You," he said, "Malinin, take three. You, Vlasenko, you, Golovchiner, and you . . ." I forgot the name of the fourth guy. He was Latvian, with a foreign last name. Not one of ours. He and Golovchiner went first. Things were arranged like this: in the sentry booth—it was in the middle. On the one side, you see, was the room where the prisoners were held, and on the other was the exit to the courtyard. We took them out one at a time. We had to drag the bodies away or else when you left to get the next one, he'd see the bodies and begin to struggle and try to break free—you'll have no end of trouble, which is understandable. It's better when they're quiet. So, then, you see, Golovchiner and that

---

*This is a reference to Tikhon, who was named patriarch of the Russian Orthodox Church in 1917. A critic of the Bolshevik regime, he was kept under house arrest at the Donskoy Monastery beginning in 1922 and in 1923 was deposed as patriarch by a Soviet-sponsored church council. He died in 1925 and was later canonized.

чекистов шоколадом и белыми булками кормят – это все буржуйские выдумки: паек как паек, обыкновенный, солдатский – хлеб, пшено и вобла. А спирт, действительно, давали. Нельзя, сам понимаешь. Ну, вот. Проработал я та ким манером месяцев семь, и тут-то и случилось происшествие. Приказано нам было вывести в расход партию попов. За контрреволюционную агитацию. За злостность. Они там прихожан мутили. Из-за Тихона,[7] что ли. Или вообще против социализма – не знаю. Одним словом – враги. Их там двенадцать человек было. Начальник наш распорядился: «Ты, – говорит, – Малинин, возьмешь троих, ты, Власенко, ты, Головчинер, и ты...» Забыл я, как четвертого-то звали. Латыш он был, фамилие такое чудное, не наше. Он и Головчинер первыми пошли. А у нас так было устроено: караульное помещение – оно как раз посередке было. С одной стороны, значит, комната, где приговоренных держали, а с другой – выход во двор. Брали мы их по одному. С одним во дворе закончишь, оттащишь его с ребятами в сторону и вернешься за другим. Оттаскивать необходимо было, а то, бывало, как выйдешь за другим, а он как увидит покойника и начнет биться да рваться – хлопот не оберешься, да и понятно. Лучше, когда молчат. Ну, вот, значит, Головчинер и латыш этот кончили своих,

Latvian finished theirs off, then it was my turn. I'd drunk
some alcohol before that. It's not that I was afraid or I was
attached to religion. No, I'm a Party man, strong, I don't
believe in that rot—different gods, angels, and archangels.
All the same, I wasn't feeling myself. It was easy for
Golovchiner—he's a Jew. They say they don't have any
icons. I don't know if that's true, but I'm sitting there,
drinking, and all kinds of stupid stuff comes into my
head: how my dead mother would take me to the village
church and I'd kiss the hand of our priest, Father Vasily.*
He was an old man and he always called me his
namesake . . . Ah, yes. Well, I went, you see, for the first
one, then led him out. Then I went back, had a
smoke, then led out the second one. I went back again,
drank a shot—but something was bothering me. "Wait a
minute, guys," I said. "I'll be right back." I put my Mauser
on the table and went out. I drank some more, thinking.
I'll stick my fingers down my throat, throw up, wash
my face and hands, and everything will be back in order.
So I stepped out, did all that, but, no, it didn't help.
Okay, I thought, the hell with it, I'll finish up everything,
then take a nap. I picked up my Mauser and went for
the third one.

The third one was still young, distinguished-looking—
this priest was strong, handsome. I led him down the
hall, and watching how he lifted his floor-length cassock

---

*It is a tradition in the Russian Orthodox Church to kiss the hand of the priest.

настала моя очередь. А я уж до этого спирту выпил. Не то, чтобы боязно мне было или там приверженный я к религии был. Нет, я человек партийный, твердый, я в эту дурь – богов там разных, ангелов, архангелов – не верю, а все ж таки стало мне как-то не по себе. Головчинеру легко, он – еврей, у них, говорят, и икон-то нету, не знаю, правда ли, а я сижу, пью, и все в голову ерунда всякая лезет: как мать-покойница в деревне в церковь водила и как я попу[8] нашему, отцу Василию, руку целовал, а он – старик он был тезкой все меня называл... Да-а. Ну, пошел я, значит, за первым, вывел его. Вернулся, покурил малость, вывел второго. Обратно вернулся, выпил – и что-то замутило меня. «Подождите, – говорю, – ребята. Я сейчас вернусь». Положил маузер на стол, а сам вышел. Перепил, думаю. Сейчас суну пальцы в рот, облегчусь, умоюсь, и все в порядок прийдет. Ну, сходил, сделал все, что надо, – нет, не легчает. Ладно, думаю, черт с ним, закончу сейчас все и спать. Взял я маузер, пошел за третьим. Третий был молодой еще, видный из себя, здоровенный такой попище, красивый. Веду это я его по коридору, смотрю, как он рясу свою долгополую над порогом поднимает, и

over the door jamb, I felt sick to my stomach. I don't know why. We walked out into the courtyard. He lifted his beard and looked at the sky. "March," I said. "Father, don't look around. You," I said, "have prayed your own way into heaven." That was a joke, you see, to keep my spirits up. Why—I don't know. I'd never done that before in my whole life—had a conversation with a condemned man. So, I let him walk three steps ahead, as arranged, placed my Mauser between his shoulder blades and fired. The Mauser—you know how it fires—like a cannon! The recoil almost rips your arm from your shoulder. I just stood there looking—the priest who'd just been shot turns around and starts walking toward me. Of course, that happens from time to time. Some fall down flat immediately, while others spin around like a top; but it sometimes happens that they start to walk, swaying like a drunk. But this one walked toward me with small steps, gliding along in his cassock, as if I hadn't shot him. "What are you doing?" I said. "Father, stop!" Once again I put the Mauser up to him—up to his chest. But he tears open the top of his cassock, baring his curly-haired chest, then goes and screams at the top of his lungs: "Shoot me," he cries, "Antichrist! Kill me, for Christ's sake!" I was losing my mind, and I shot him again and again. But he was still standing! No wounds, no blood, and he goes and prays: "Lord, You stopped the bullet from those black hands! I take on this suffering for You! One cannot kill a living soul!" And something else . . . I don't remember

тошно мне как-то сделалось, сам не пойму – что
такое. Вышли во двор. А он бороду кверху задирает,
в небо глядит. «Шагай, говорю, – батюшка, не
оглядывайся. Сам себе, – говорю, – рай намолил».
Это я, значит, пошутил для бодрости. А зачем – не
знаю. Сроду со мной этого не бывало – с
приговоренными разговаривать: Ну, пропустил я его
на три шага вперед, как положено, поставил ему
маузер промеж лопаток и выстрелил. Маузер – он,
сам знаешь, как бьет, пушка! И отдача такая, что
чуть руку из плеча не выдергивает. Только смотрю
я – а мой расстрелянный поп поворачивается и идет
на меня. Конечно, раз на раз не приходится: иные
сразу плашмя падают, иные на месте волчком
крутятся, а бывает, и шагать начинают, качаются, как
пьяные. А этот идет на меня мелкими шагами, как
плывет в рясе своей, будто я и не в него стрелял. «Что
ты, – говорю, – отец, стой!» И еще раз приложил
ему – в грудь. А он рясу на груди распахнул-
разорвал, грудь волосатая, курчавая, идет и кричит-
полным голосом: «Стреляй, – кричит, – в меня,
антихрист! Убивай меня, Христа твоего!» Растерялся
я тут, еще раз выстрелил и еще. А он идет! Ни раны,
ни крови, идет и молится: «Господи, остановил Ты
пулю от черных рук! За Тебя муку принимаю!.. Не
убить душу живую!» И еще что-то... Не помню уж,

anymore how I discharged the cartridge; I only know for sure that I couldn't have missed—at point-blank range. So he's standing in front of me, his eyes are burning like a wolf's, and there's some kind of glow coming from his head—I realized later that he was blocking the sun; this was all happening at sunset. "Your hands," he cried, "are covered in blood! Look at your hands!" I threw the Mauser on the ground, ran into the sentry room, collided with someone in the doorway, then ran inside. The guys looked at me like I was crazy and broke into raucous laughter. I grabbed a rifle from the stack and shouted: "Take me this minute," I screamed, "to Dzerzhinsky or I'll mow you all down!" Well, they took away the rifle and rushed me away. I entered his office, broke free of my comrades, and said to him, shaking all over and stammering: "Shoot me," I said, "Felix Edmundovich, I can't kill the priest!" As soon as I said that, I fell to the ground and don't remember anything more. I came to in the hospital. The doctors said: "A nervous breakdown."

They treated me, if truth be told, well, attentively. Care and cleanliness and food at that time were scarce. They cured everything, but my hands, you see, still shake. The trembling should have gone away. Of course, they fired me from the Cheka. They didn't need hands like these. Needless to say, I couldn't go back to the factory line either. They assigned me to the factory warehouse. Well,

как я обойму расстрелял; только точно знаю – промахнуться не мог, в упор бил. Стоит он передо мной, глаза горят, как у волка, грудь голая, и от головы вроде сияние идет – я уж потом сообразил, что он мне солнце застил, к закату дело шло. «Руки, – кричит, – твои в крови! Взгляни на руки свои!» Бросил я тут маузер на землю, вбежал в караулку, сшиб кого-то в дверях, вбежал, а ребята смотрят на меня, как на психа, и ржут. Схватил я винтовку из пирамиды и кричу: «Ведите, – кричу, – меня сию минуту к Дзержинскому или я вас всех сейчас переколю!» Ну, отняли у меня винтовку, повели скорым шагом. Вошел я в кабинет, вырвался от товарищей и говорю ему, а сам весь дрожу, заикаюсь: «Расстреляй, – говорю, – меня, Феликс Эдмундыч, не могу я попа убить!» Сказал я это, а сам упал, не помню больше ничего. Очнулся в больнице. Врачи говорит: «Нервное потрясение».

Лечили меня, правду сказать, хорошо, заботливо. И уход, и чистота, и питание по тем временам легкое. Все вылечи ли, а вот руки, сам видишь, ходуном ходят. Должно быть, потрясение это в них перешло. Из ЧК меня, конечно, уволили. Там руки не такие нужны. К станку, ясное дело, тоже не вернешься. Определили меня на склад заводской. Ну, что ж, я и

so what, I do my work there. True, there are all kinds of forms, reports, that I can't fill out myself—because of my hands. I have a helper for that—she's a bright girl. So that's how I live, brother. As for the priest, I found out later what happened. There was nothing divine about it. When I went to the latrine, the guys just took the cartridge out of the Mauser and put in a different one— with blanks. It was a joke, you see. So what. I'm not mad at them. A youthful prank. It was no picnic for them either, so they thought this up. No, I'm not offended by it. It's just that my hands . . . they're not fit for work anymore . . .

там дело делаю. Правда, бумаги всякие, накладные сам не пишу – из-за рук. Помощница у меня для этого есть, смышленая такая девчоночка. Вот так и живу, браток. А с попом тем, я уж потом узнал, как дело было. И никакой тут божественности нету. Просто ребята наши, когда я оправляться ходил, обойму из маузера вынули и другую всунули – с холостыми. Пошутили, значит. Что ж, я на них не сержусь – дело молодое, им тоже несладко было, вот они и придумали. Нет, я на них не обижаюсь. Руки только вот у меня... совсем теперь к работе не годятся...

Grandpa and Laima

Дед и Лайма

Dina Rubina

Translated by Brian James Baer

To Nina and Lina

Dear Irina Efremovna,
Of course you don't remember me. I can only
imagine how many fates and faces you run into
during the course of a year . . . How many tourists,
students, repatriates, politicians, and guests . . .
And if I'm not mistaken, you've been working at
Yad Vashem for many years now. So it's not even
important whether you remember one of many
visitors who showed up at the museum six months
ago, not out of any personal necessity but at the
request of her neighbor, whose entire family died in
the Riga Ghetto. When she learned we were going
to Eilat on vacation and would be staying with our
relatives in Jerusalem for a week, she urged us to go
to Yad Vashem and fill out the forms for her
deceased relatives. Which I did.

Of course you don't remember, but I got a little
lost in the halls of the administrative building. You
came up to me, kindly walked me to the exit, and
even showed me that wonderful view from the top
of the hill onto the highway leading to Tel Aviv. We
spoke a little, and as we parted you gave me your
business card, which—God forbid—I have no
intention of misusing.

But let me get to the point.

Нине и Лине

«Дорогая Ирина Ефремовна! Вы, конечно, меня не помните – представляю, какая лавина судеб и лиц обрушивается на Вас в течение года... Сколько туристов, школьников, репатриантов, политиков, гостей... А ведь Вы работаете в «Яд ва-Шем» много лет, если не ошибаюсь? Поэтому даже и не важно, помните ли Вы очередную посетительницу, которая полгода назад явилась в музей, к тому же, не по своей надобности, а по просьбе соседки, чья семья погибла вся в Рижском гетто. Узнав, что мы едем отдыхать в Эйлат и неделю пробудем у родственников в Иерусалиме, она просила обязательно пойти в «Яд ва-Шем» и заполнить стандартные анкеты на погибших ее родных. Что я и сделала.

Вы, разумеется, не помните, но я слегка заблудилась в коридорах административного корпуса, вы шли навстречу, любезно вывели меня и даже показали тот потрясающий вид с вершины холма на шоссе в Тель-Авив; мы немного поговорили, а на прощание Вы дали мне свою визитку, которой я – боже упаси – не намерена злоупотреблять.

Но ближе к делу.

Back at home, in Saratov, I kept remembering that place—Yad Vashem. I could still visualize those tree-covered hills in the bright sunset and the solitary train car on the brink of a precipice, heading nowhere—a monument to all those who were thrown into the flames of the ovens. I couldn't get rid of those images. Would you believe it? They resounded in my head like music.

And I started thinking that it was, of course, a wonderful idea, and that the execution of it was a great thing: to remember by name all those who were tortured, burned, and shot . . . and to truly return to them a *place* and a *name* . . . Then it occurred to me that it would be good to establish an international museum of that kind, where an enormous staff would collect the names of *all* those who were killed in the world. It would be evidence and a reminder of what people have done and continue to do to one another! But again I'm digressing into something global and abstract. I should be more precise.

So, I'll speak about my family. Almost all the members of my immediate family survived the slaughterhouse of the twentieth century. Almost all . . . In any case, they had no direct connection with the Holocaust. In other words, they are of no interest to your wonderful museum.

Уже дома, в Саратове, я все время возвращалась и возвращалась в памяти к этому месту «Яд ва-Шем». И перед моими глазами все плыли эти лесистые холмы в ярком закате, и одинокий вагон над обрывом, устремленный в никуда, – памятник всем, кого увезли в пламя топки... Никак не могла я отделаться от этих картин, они во мне, поверите ли, *звучали, как музыка*...

И я стала думать о том, что это, конечно, замечательная идея и великое ее воплощение: поименно вспомнить всех замученных, сожженных, расстрелянных... Воистину вернуть теням *место и имя*... Потом пришло в голову, что хорошо бы создать такой всемирный гигантский музей, в котором бы огромный штат сотрудников собирал имена вообще *всех* замученных на земле. Свидетельство и напоминание о том, *что* люди делали и продолжают делать друг с другом!.. Но я опять сбиваюсь на что-то абстрактно-всемирное. Надо бы конкретней.

А конкретней, речь пойдет о моей семье. Да нет, в мясорубке двадцатого века почти все мои самые близкие остались живы. Почти... Во всяком случае, к Катастрофе[1] они прямого отношения не имели. То есть, никак не

Even so . . .

I still had the urge to write about them—about my grandpa and Laima. And about my twenty-eight-year-old grandmother. To write it all down in the same words I'd heard since I was a child. To relieve myself of this persistent and strange feeling, not so much a desire as an inner calling. Maybe when I've written it down, I'll feel calm. Please forgive me for this unexpected letter. These few sheets of paper, written in haste, won't take up a lot of space among the millions of documents in the magnificent archive of Yad Vashem.

My grandpa Mosya, Moisey Gurevich,* had an astonishing career before the war. When he was twenty-eight years old, he became the deputy manager of the municipal bank. Actually, there were only three employees: the manager, my grandpa, and the janitor. And that was the only bank in the small Belorussian town of Kostyukovichi . . . It's important to mention here that my grandpa Mosya was strong as an ox, as they say, broad shouldered, and covered everywhere with thick, dark hair. In my memory, the only place hair didn't grow was on his palms.

He, like many others, was arrested in 1938 and sentenced to ten years without the right of

---

*Moisey is the Russian version of Moses.

представляют интереса для Вашего замечательного музея.

И все же...

И все же мне захотелось написать о них: о деде и о Лайме. И о двадцативосьмилетней моей бабушке. Просто записать теми словами, какими я слышала эти истории с детства. Освободиться от настойчивого и странного – не желания даже, а внутреннего веления. Может, напишу вот и успокоюсь. А Вы уж простите ме-ня за неожиданное письмо. Эти несколько листков, написанных скороговоркой, не займут много места среди миллионов документов грандиозного архива «Яц ва-Шем».

...Мой дед Мося, Моисей Гуревич, до войны сделал головокружительную карьеру: в 28 лет стал замуправляющего городским банком. Вообще-то в банке было трое служащих: управляющий, дед и уборщица. И находился этот единственный банк в белорусском городке Костюковичи... Тут важно добавить, что мой дед Мося был здоровенным мужчиной – что называется, косая сажень в плечах, – сплошь заросшим густым черным колосом; в моей памяти разве что на ладонях они у него не росли.

В тридцать восьмом деда взяли, как многих других: десять лет без права переписки. Его

correspondence. His son, my father, turned six on that day, and he still remembers how during the search pillows flew out the windows into the courtyard. His youngest child, Rita, was just over a year old.

I'm digressing.

By that time my grandpa was happily married to my grandma, Panya. We still have a photo of Panya, who at twenty-four looked much older than her years. She had this hairdo, you know, with curls on her forehead . . . and serious eyebrows. Or maybe they really grew old faster in those days?

In general, a sentence of ten years without the right of correspondence meant execution, but my grandpa somehow avoided that terrible fate. Maybe that was because they were imprisoning people then at breakneck speed, at full capacity. Of course they beat my grandpa, but the investigators got tired of coming up with accusations. The beatings were basically meant to force the accused to testify against themselves, to invent what kind of spies they were and who they were spying for.

But Grandpa, first of all, was young and strong, and could stand the beatings. But the main thing was he lacked imagination. He couldn't imagine what they wanted from him! That he should invent all kinds of criminal nonsense about himself?! About his ordinary good Soviet life?! He couldn't

сыну, моему отцу, в тот день исполнилось 6 лет,
и он помнит, как во время обыска во двор через
окно летели подушки. Младшей, Риточке, и
подавно был годик с небольшим.

Тут опять отвлекусь.

К тому времени дед был счастливо и нежно
женат на бабушке Пане. У нас хранится ее
фотография, на которой
двадцатичетырехлетняя Паня выглядит
гораздо старше своего возраста. Прическа
такая, знаете, – валики надо лбом... Брови
серьезные. А может, они тогда и вправду
быстро состаривались?

Вообще-то десять лет без права переписки
означало расстрел, но деда как-то миновало
страшное. Может, потому, что сажали тогда
полным ходом, шел валовой процесс. Деда,
конечно, били, но следователям надоело
придумывахъ обвинения и побоями они в
основном пытались добиться, чтоб
подследственные показывали сами на себя,
сами придумывали какие и чьи они шпионы.

А дед, во-первых, был молод и могуч, побои
выносил, главное же – у него не хватало
воображения. Он даже и представить себе не
мог – что от него требуют! Чтобы он на себя
сочинил всякую преступную чепуху?! На свою
такую обычную, хорошую советскую жизнь?!

think of anything. In short, he didn't sign anything. He was incapable of inventing anything to blame himself for . . .

And my grandma Panya, at twenty-four, was left with two kids to raise.

At the beginning of the war she was in charge of an orphanage. During the first days of the all-out German offensive on Belorussia, she saved seventy children. It is unbelievable that in that panic, in that utter chaos, she managed to get hold of an entire train car—a heated one—for her orphans, but facts are facts. She told the kids, "Put your things in your pillowcases!" Then she lined them up and led them to the train station. The train was going to Saratov . . . where my family lives to this day. But that's not the point.

My grandma Panya died in 1942 after an unsuccessful appendectomy. The operation itself may not have been the cause; she simply didn't stay in bed long enough. You know, the men were at the front, and all the responsibilities of the household were borne by three women: my young grandmother, an elderly nurse, and an old cook. So when the local government allocated a barrel of oil to the orphanage, Panya herself went to pick it up with a cart even though it was just after her operation. It was fall, and the road was in bad shape. A wheel

Ему и в голову ничего не приходило! Одним словом – не подписал ничего. Не смог придумать себе вины...

А бабушка Паня в свои 24 года осталась с двумя детьми на руках.

К началу войны она заведовала детским домом. И сама в первые же дни тотального наступления немцев на белорусском направлении спасла семьдесят детей. Непостижимо – как в этой панике и полнейшем бардаке ей удалось выбить целый вагон, теплушку, для своих сирот, но факт остается фактом. Скомандовала детям: «Вещи в наволочку!» – построила их и повела на вокзал. Состав шел в сторону Саратова... где моя семья до сих пор и живет. Но дело не в этом.

Погибла бабушка Паня в сорок втором, после неудачной операции аппендицита. А может, сама операция тут ни причем, просто не вылежала. Понимаете, мужчины были на фронте, и все нужды и тяготы хозяйства тащили на себе три женщины – молоденькая моя бабушка, пожилая воспитательница и старуха-повариха. Поэтому, когда детскому дому начальство выделило бочку масла, Паня, хоть и была после операции, сама поехала за ним на телеге, забирать. Дорога осенняя, разбитая – колесо отвалилось, телега

fell off and the cart tilted. Panya tried to keep the precious barrel from falling, and her stitches burst. The wound got infected. Grandma was ill for about two weeks and then died of blood poisoning. She was twenty-eight.

Meanwhile, my grandfather worked with all his might clearing land on the taiga. He spent about three years in the uranium mines. People usually died there within half a year. But he was fine. Even later it had no effect on him, except that he went completely bald. He enjoyed excellent health. I heard about those uranium mines since I was a child because of one incident. Grandpa would tell us about how one day he heard very clearly the voice of his dead mother, calling him by his childhood name, Dudele, which only she used. He turned around in the direction of the voice and saw a huge clod of earth rolling toward him! He managed to jump aside.

I'll skip ahead and say that he was an incredibly lucky person.

Now I'll tell you the story of Laima.

Her father, a sea captain, moved his family to the port of Nakhodka, where he drowned. A year later her mother was arrested, and they tried to force Laima, a secretary of the Young Communist League, a sociable and good-natured girl, to denounce her mother. But she didn't denounce her,

накренилась... Паня тужилась удержать драгоценную бочку... швы разошлись. Началось нагноение, и, проболев недели две, бабушка умерла от заражения крови. Ей было 28 лет.

Дед же в это время валил тайгу по полной пайке. Года три провел на урановых рудниках. Там люди обычно сгорали за полгода. А он ничего, даже и потом никак не отразилось, только весь облысел. Здоровяк был преотменный. И про эти урановые рудники я слышала с детства из-за одного только случая: однажды, рассказывал дед, он ясно услышал голос покойной матери, зовущей его по имени, причем, по младенческому имени, которым только она его и звала: «Дудэле!». Обернулся на голос и увидел, что на него катится огромная глыба! И успел отскочить...

Забегая вперед, скажу: невероятного везения был человек.

Теперь параллельная история: *Лайма*

Ее отец, капитан дальнего плавания, завез семью в порт Находка и там утонул. Через год мать взяли, и Лайму – комсомольского секретаря, девочку компанейскую и веселую, заставляли от матери отказаться. Она не

which she regretted for the rest of her life. (She says she was a fool.) She regretted it because her mother was released in a year, whereas Laima was arrested immediately and remained in prison until 1946. But the main thing was that her little brothers— who were three and seven—were lost without her. She found the younger one later in Tashkent; he'd become a chronic alcoholic. She never found the older one. Evidently, he'd been murdered. Because, as her younger brother told her, their neighbors had broken in and beaten them both. All he remembered was that it hurt a lot. Apparently the older brother was beaten to death.

And here is where the two lines of my story cross. Laima met my grandfather in a prison camp. Later she would say that he was big, loud, and kind . . . The main thing was that he emanated a sense of certainty that everything would work out. (I tell you, he was a person with no imagination. While the others just lay there, waiting to die, he lived his life cheerfully, one day at a time.)

Laima attached herself to Grandpa and decided to become pregnant with his child because at that time, toward the end of 1946, they were releasing pregnant women.

And so, she was released during the last days of her pregnancy; she walked out of the prison gates with a huge belly and no money or clothes. She was

отказалась, о чем всю жизнь жалела (дурой была, говорит). Жалела: мать через год выпустили, а вот саму Лайму взяли буквально сразу, и она-то досидела до сорок шестого. Главное, были загублены без нее братишки – семи и трех лет. Младшего она потом нашла в Ташкенте он стал запойным пьяницей, а старшего не нашла никогда – его, повидимому, убили. Потому что, как рассказывал младший, ворвались соседи и били обоих. Помнит только, что было очень больно. Очевидно, старшего забили насмерть.

И вот тут две линии моего рассказа пересекаются. В лагере Лайма встретила деда. Потом говорила – он был большой, громогласный и добрый... Главное, от него шла уверенность, что *все устроится*. (Я же говорю – человек без воображения. В то время, как другие загибались от ожидания смерти, он просто бодро проживал день за днем.)

И Лайма приткнулась к деду и решила от него забеременеть, потому что *было такое время*, конец сорок шестого, – беременных отпускали.

Ну, и ее выпустили, на последних днях; вышла она за ворота лагеря, с огромным животом, без денег, без вещей – иди, куда

free to go wherever she pleased. And she did. She walked for several days wearing only one shoe. The sole of the other one had fallen off.

On one of those days she was picked up by a man driving a cart who took her several miles, but she lost consciousness from the heat and, evidently frightened, he threw her off the cart.

(You can't blame him, Laima used to say. *Those were the times.* What did he need a dead woman for?)

She regained consciousness from the kicking of her child and realized she would soon give birth. She crawled to a shed and gave birth there. She didn't even have a rag to wrap the child in. She tore off a piece of her skirt, and that's how she entered the village—a half-naked Madonna with a half-naked child. She said it was fine because she came across some good people. One woman gave her some milk and rags to wrap the child like a human being, even though she didn't have enough for her own children. And in the evening she even prepared a Russian *banya* because it turned her stomach to look at Laima: her legs were covered in dry blood from delivering her child, and her face was streaked with dirt. The child looked even more frightening with the bitten-off remnant of his umbilical cord sticking out from his belly like a twig. Then, in another village, people fed her three

пожелаешь. Она и пошла. И шла несколько дней в одном ботинке. Подошва другого отвалилась.

В один из этих дней ее на несколько километров подобрал мужик на телеге, но она от жары потеряла сознание, и он – видимо, испугавшись, – с телеги ее сбросил.

(Винить его нельзя, говорит Лайма, *время было такое* – на черта ему дохлая баба?)

Очнулась она от толчков ребенка и поняла, что родит. Доползла до какого-то сарая и там родила. У нее даже не было тряпки, чтобы завернуть ребенка. Оторвала кусок от юбки и так и зашла в деревню – полуголая мадонна с полуголым младенцем. Но, говорит, ничего, хорошие люди тоже попадались. Одна баба молока ей выпить дала, какого-то тряпья – ребенка по-человечески завернуть. Самим же ничего не хватало... А вечером затопила даже баню, потому что смотреть на Лайму с души воротило – все ноги в сохлой родильной крови, лицо в грязных разводах, ребенок – тот вообще страшненький, с перекусанной, торчащей, как сучок, пуповиной. А потом в другой какой-то деревне еще раза три люди накормили, а одна

more times. One old woman gave her a warm kerchief to wrap around the child at night. Another bit of luck, you have to say, was that there was no rain; on the contrary, the weather was splendid— and such a blessed warm spell that the woods were filled with berries. You could pick and eat as many as you wanted.

Laima was on her way to Riga, where there lived her two childless aunts, her only living relatives. She wasn't allowed to go there—it was forbidden for ex-convicts to settle in big cities—but she stubbornly trudged on to Riga, and finally made it.

Her aunts were horrified at the sight of Laima with the child. Imagine what danger and punishment they might bring! They were desperately frightened; they cried, begging her to leave, to go away somewhere. However, they couldn't bring themselves to kick their niece out or to report her to the police. There followed months filled with the sickening fear of night raids and police inspections. Laima and the baby slept in some barn or another, or in someone's hallway. They spent a couple of months in Asari in the vacant summer house of their friends.

Moreover, her aunts were unhappy with the child's Russian name. I forgot to mention it was a

старуха подарила теплый старый платок –
ребенка ночами заворачивать. Еще, скажите,
счастье, что дождей не было, наоборот – такая,
говорит, сиятельная погода стояла, такая
благословенная жарища в лесах ягод до ужора!
Рви и ешь, сколько хочешь.

А добиралась Лайма в Ригу, где жили две ее
бездетные тетки, единственные живые
родственницы. Ей туда было нельзя – дело
известное, не разрешено селиться в больших
городах, – но она упрямо перла и перла в Ригу,
и добралась.

От появления Лаймы с младенцем тетки
пришли и полный ужас. Представляете, какая
опасность, какое наказание! Испугались они
отчаянно, плакали, умоляли ее куда-нибудь
деться, уйти, уехать куда-нибудь... Однако
выгнать племянницу или сдать милиции все же
не решились. Потянулись месяцы
тошнотворного страха, постоянного ужаса
перед ночными облавами, проверками...
Лайма с ребенком ночевала то в каких-то
сараях, то в чужих парадных... Пару месяцев
перекантовались в Ассори у знакомых на
заколоченной даче...

Ко всему еще тетки очень недовольны были
русским именем ребенка. Я забыла написать,

boy. Sergey. My uncle Seryozha. Laima registered him under her last name and gave him the patronymic Mikhaylovich since she didn't know my grandpa's real name. In the camp Grandpa Moisei was called Misha. Anyway, it wasn't that important for Laima to know his name—she couldn't imagine they would have the opportunity to meet again.

Because of that Russian name, her aunts could feel no kinship with the boy . . . So they called him Arnold.

Then suddenly a letter from Grandpa arrived at the aunts' house. What luck that Laima had left him their address. Grandpa wrote that he'd been transferred to a prison colony and was living almost like a free man, working, with plenty of food. He asked her to come.

By the way, my grandpa, with his expansive nature, was also looking for his other family, without, as you understand, any particular success. I sometimes think about what would have happened if Panya had been alive and responded to him. Well, Grandpa could have handled them both. This patriarch had enough for two wives. And so Laima, beside herself with joy, took the baby and went to my grandpa in Siberia.

Meanwhile, he and his friends had built a log cabin with an impressive clay stove. But the point is

что это был мальчик Сергей. Мой дядя Сережа. Лайма записала его на свою фамилию, а отчество дала – Михайлович, поскольку настоящего дедова имени она и не знала. В лагере звался дед Моисей Мишей. Да и не так уж важно было знать Лайме, как его звали, – вот уж не представляла она тогда, что у них еще будет шанс встретиться.

Из-за этого-то русского имени тетки не могли почувствовать мальчика своим... Звали Арнольдом.

И вдруг на теткин адрес приходит от деда письмо! Такая удача, что Лайма ему адрес оставила. Дед сообщал, что отпущен на поселение, живет почти как вольный, работает, еды вдосталь... Звал приехать..

слову сказать, он, широкая душа, и семью разыскивал – без особого, как вы понимаете, успеха. Иногда я думаю – а ну как Паня оказалась бы жива и откликнулась? Что ж, с деда бы сталось пригреть обеих. Этого патриарха еще бы на две жены хватило. Так что Лайма, ошалелая от счастья, подхватила мальца и двинула обратно – к деду в Сибирь.

А он к тому времени срубил с друзьями избу, с печью такой душевной. Главное – с ним

that everywhere you went with Grandpa you felt
safe, cozy. Warm. And I forgot to mention, he had a
thunderous laugh. When I was a little girl, he
would frighten me with that laughter.

At no small risk, they purchased a cow. They
had to buy it in a neighboring village—well,
neighboring in the Siberian sense of the term: half
the night to get there, half the night to return in
order to be back home by early morning. They
weren't allowed to leave the village; they would
have been arrested and sent back to the prison
camp . . . All the same, they lived very well in
Siberia! After a couple of years, Grandpa became
the head of a geological expedition and that, as he
used to say, was "an entirely different pot of stew."

In 1951, they had twin boys. They turned out to
be very different: Yanis was blue-eyed and
sedentary, like his Latvian relatives, while
Gundars—Grandpa called him Zhorka—was
dark-haired, loud, and high-spirited . . . They were
children of different nations. But the boys shared
the same patronymic—Moiseyevich—and the same
last name—Gurevich.

In 1954, they all returned to Riga. Grandpa
was one of the first to be released. Our family
believed it was because of his work in the mines in
Siberia. But I think that it was his incredible luck.

повсюду было надежно, уютно. Тепло. Хохотал громоподобно, вот что я забыла написать! В раннем детстве несколько раз он пугал меня этим смехом.

С немалым риском была куплена корова. Покупать пришлось в соседней деревне: ну, соседней – по сибирским понятиям: полночи туда, полночи обратно, а вернуться-то надо к раннему утру! Отлучаться нельзя, поймали бы снова лагерь... Но все же хорошо они в Сибири жили! Дед через пару лет стал начальником геологической партии, а это уж, как он говаривал, «совсем другой компот».

пятьдесят первом у них родились еще двойняшки, тоже мальчики. Очень разные по лучились: Янис голубоглазый, медлительный, в латышскую родню, а Гундарс – Жоркой дед его звал – черноволосый, горластый, веселый... Дети разных народов. Но по отцеству оба эти огурца Моисеевичи, и по фамилии Гуревичи...

...В Ригу все они вернулись в пятьдесят четвертом. Дед освободился одним из первых. Дома принято было считать – из-за ударной его сибирской работы. А я полагаю, это все его чертовская везучесть.

He immediately set out—naively and energetically—to obtain a pardon. And just imagine, his was the rare instance when a released prisoner was handed his case file!

The thing is, he didn't even know what he was in prison for. He only knew it was Article 58.* He read the charge in his file: he'd been imprisoned as a Polish spy! But if you do the math, Grandpa was only ten years old at the time of the Polish-Soviet War. And so he was able to clear his name and soon after began receiving his pension.

But the main thing was he found his two oldest children.

I have to tell you how he found them. The story is amazing. Remember, he'd started looking for his first family while he was still in Siberia. He wrote to everyone, sent inquiries everywhere. But there was no one left in Kostyukovichi, and so all his letters were returned; he couldn't find a single trace of his family. Then suddenly, in one of the newspapers, while he was reading an article about the Saratov factory named Hammer and Sickle, he came across the last name of the husband of the elderly nurse who used to work in the orphanage with Grandma Panya. He had an uncommon last name, Korovyak, and his initials also matched.

---

*Article 58 of the Soviet Penal Code criminalized "counterrevolutionary activities," which was vaguely defined and broadly interpreted in the Stalinist period.

И сразу же простодушно и деятельно
бросился добиваться оправдания. И вот,
представьте себе, это был уникальный случай,
когда освободившемуся зека выдали папку с
его делом на руки!

Дело в том, что он даже не знал, за что сидит.
Знал только, что 58-я статья.[2] Обвинение же
прочел в деле: он сидел как белополяк! Ну а
если подсчитатъ, то по всем раскладам во
времена белополяков деду было десять лет. Так
что он довольно быстро добился реабилитации
и даже выхлопотал себе персональную пенсию.

Главное же – разыскал двоих старших детей.

Разыскал – тоже необходимо рассказать, как.
История удивительная. Он, повторяю, стал
разыскивать семью еще из Сибири, писал
повсюду, запросы слал. Но в Костюковичах
никого не осталось, письма возвращались,
никак не мог он хотя бы ниточку следа
нащупать. И вдруг в одной из газет, читая
заметку о Саратовском заводе «Серп и молот»,
наткнулся на фамилию мужа пожилой
воспитательницы, которая работала с
бабушкой Паней в детском доме. Фамилия

Grandpa came to the conclusion that the orphanage must have been evacuated to Saratov. And so, once he'd arranged everything for Laima and her sons in Riga, he left for Saratov. He went to the personnel department of the factory right from the train, and there they gave him the address.

Can you imagine, it was the wedding day of my parents! That Korovyak led Grandpa straight to their wedding dinner.

We have a photograph that shows Grandpa holding in one hand—and high, at that!—the young newlyweds, my mother and father, who until recently had been skinny orphans, while in the other, he's holding a pretty, plumb seventeen-year-old Rita, who was only a little over a year the last time Grandpa saw her.

Grandpa continued to live with Laima and the children in Riga at her aunts'. Not far from the main park, in a very nice part of town, in a big but somewhat dark apartment with very high ceilings. But there was a time when the entire building had belonged to the family . . .

I remember it with a smile: Grandpa was a real go-getter. He wasn't a Communist or a government official, but in any difficult situation, in any city, he'd find the Regional Committee of the Party, call them up, and say, without so much as a hello, "This

была редкая, Коровяк, и инициалы совпадали. Дед произвел умозаключения и понял, что именно в Саратов мог быть эвакуирован детский дом. И, едва обустроив в Риге Лайму с сыновьями, сорвался в Саратов. Прямо с поезда явился в заводской отдел кадров – там и выдали ему адрес.

И было это, представляете, в день свадьбы моих родителей! Прямо к свадебному столу этот самый Коровяк деда и привел.

Есть у нас фотография – дед на ней стоит и держит на одной руке – и высоко таки поднял! – молодых, моих папу и маму, недавних тощих детдомовцев; а на другой руке у него семнадцатилетняя Рита, пухленькая такая, хорошенькая, в последний раз виденная дедом в год с небольшим...

Жить дед и Лайма с детьми так и остались в Риге, у тетушек. Недалеко от центрального парка, в очень красивом месте, в большой, немного сумрачной квартире с высоченными потолками. А ведь когда-то семье весь этот дом принадлежал...

Вспоминаю с улыбкой: дед был человеком фантастической пробойной силы. Не будучи коммунистом, никаким ни начальством, в любой затруднительной ситуации, в любом городе отыскивал райком партии, звонил и говорил без всякого приветствия: «Это Гуревич

is Gurevich from Riga. I need two train tickets for the twelfth."

When, as children, my sister and I first went to Riga over summer vacation, I was fascinated by life in Laima's home. Three times a day a tablecloth was laid across the table, and every plate was accompanied by a pressed napkin, a knife, and a fork. At that time there was still gorgeous silverware: forks and knives with amber handles. In a word, Europe! At home we managed without knives and had a plastic covering on the table.

I forgot to say that Laima was a real match for my grandpa: she was a tall, strong, straightforward Latvian. And judging by that one photo, Grandma Panya was no rail either. She was a big beautiful Jewish woman with a soft full face. They were all sturdy people, built to last.

Well, that's the whole story of Laima, Grandma Panya, and Grandpa Moisey Gurevich. There's nothing special about it if you look closely. But for some reason I felt like joining their lives, recounted in these brief and hastily written words, with those of the multitude, to use a loftier style, who perished in the crater of this accursed century.

I often regret that I don't have a talent for writing. Sometimes I think about the movie one

с Риги! Мне нужны два билета на поезд на двенадцатое...»

В детстве, когда мы с сестрой впервые приехали в Ригу на каникулы, меня заворожил быт Лайминого дома. Трижды в день на стол стелилась скатерть, к каждой тарелке полагались выглаженная салфетка, нож и вилка. Был еще та- кой дивный столовый набор: ножи и вилки с янтарными ручками. Одно слово – Европа! У нас дома обходились без ножей, на столе клеенка...

Забыла написать, что Лайма тоже была под стать деду – высокая, сильная и очень прямая латышка. И бабушка Паня на той единственной фотографии тоже, по всему видать, дюймовочкой не была: мягкое полное лицо, большая красивая еврейская женщина... Все крупные люди, сработанные на долгий срок...

Вот, собственно, и вся история Лаймы, бабушки Пани и моего деда Моисея Гуревича. Ничего особенного в ней, если вглядеться пристально, нет. Но отчего-то захотелось присоединить их судьбы, пусть и в таких конспективных, торопливых словах, к сонму – говоря высоким стилем – тех, кто сгинул в жерле проклятой эпохи...

Часто я жалею, что нет у меня литературного дарования. Иногда думаю – какой сценарий

could make about these people! I can see certain scenes: here's my young grandmother on a cart desperately trying to keep a barrel of oil from falling off in order to feed seventy children. And there's Laima with a pregnant belly and wearing only one shoe walking along a dusty road. And there's Grandpa turning around at the call of his dead mother to see a huge black rock rolling in his direction, specks of quartz sparkling in the sun.

But unfortunately I don't have a talent for writing. So I'm sending you, dear Irina Efremovna, this artless story of people's lives as it came from my pen, unedited.

I'm exhausted from writing.

P.S. I just wanted to add that apart from his life-altering good fortune, Grandpa was lucky in all kinds of little ways. He always won the lottery. Not a car or big sums of money, but still, a ruble or fifteen rubles. Once he won a table clock, an idiotic thing—a piece of glass with an alarm built into it. He was very proud and happy. His only regret was

можно было бы написать об этих людях!.. Так и вижу некоторые кадры: вот молодая моя бабушка в отчаянии пытается удержать на телеге бочку с маслом для прокорма семидесяти сирот... А вот Лайма с большим животом бредет по пыльной дороге в одном ботинке... Вот дед оглядывается на зов покойной матери: «Дудэле-е-е!» – и видит огромную черную глыбу что катится прямо на него, сверкая на солнце искрами кварцевой породы...

Но – увы, литературных талантов за мной не числится. Поэтому отправляю Вам, дорогая Ирина Ефремовна, этот безыскусный пересказ судеб так, как он у меня вышел, без исправлений.

Выдохлась я, пока писала...

P.S. Хотела только добавить, что, помимо глав-ного, судьбинного везения, дед был еще и страшно удачлив во всяких мелких делах. Всегда выигрывал в лотерею. Не так, чтобы машину там или крупные суммы, но все же – то рубль, то аж пятнадцать рублей. Однажды вы-играл настольные часы, довольно дурацкие – кусок стекла с вмурованным в него будильником. Ужасно гордился и радовался;

that the Commies had fractured his life. If he hadn't gone to prison, he said, "I'd have kept playing the lottery. I'd have played and played. And won. But now? That's an entirely different pot of stew. There are no real lotteries anymore . . ."

сокрушался только, что коммуняки жизнь ему сломали. Что если б его не посадили, он вот так играл бы и играл в лотерею, играл бы и играл. И выигрывал... А сейчас что! *Совсем другой компот.* Сейчас уже нет настоящих лотерей...»

Sinbad the Sailor

Синбад Мореход

Yuri Buida

Translated by Oliver Ready

Before dying, Katerina Ivanovna Momotova sent for Dr. Sheberstov, who'd treated her all her life and had been pensioned off a long time ago. She handed him the key to her little house and a scrap of paper folded in four, asking him to burn it along with all the others.

"They're at home," she explained in embarrassment. "But please don't tell anyone. I'd have done it myself, only you see how it's all turned out . . ."

Sheberstov raised his eyebrows, but the old woman just smiled guiltily in reply. She was in a very bad way: dying from a sarcoma. The doctor looking after her at the hospital said she was unlikely to make it through the night.

Lyosha Leontyev was having a smoke on the bench by the hospital entrance. Next to hulking Sheberstov, he looked like a teenager in police uniform. His cap with its faded hand was lying in the sidecar of his motorbike.

"Fancy a walk?" asked the doctor, gazing over Lyosha's head at the midges circling a dim streetlamp atop a wooden post turned green by the damp. "To Katya Ivanovna's."

"To Sinbad the Sailor, you mean? She hasn't died, has she?"

"No." Sheberstov showed the policeman the key. "She

Перед смертью Катерина Ивановна Момотова велела позвать доктора Шеберстова, у которого лечилась всю жизнь и который давно находился на пенсии. Она вручила ему ключ от своего домика, свернутый вчетверо листок бумаги и попросила сжечь этот листок вместе с остальными.

– Они у меня дома, – смущенно пояснила она. – Только никому не говорите, пожалуйста. Я бы и сама... да видите – как все обернулось...

Доктор вопросительно поднял бровь, но старуха лишь виновато улыбнулась в ответ. Она была совсем плоха: умирала от саркомы. Лечащий врач сказал Шеберстову, что до утра она вряд ли дотянет.

На лавочке у входа в больницу покуривал участковый Леша Леонтьев, казавшийся рядом с громоздким Шеберстовым подростком в милицейском мундире. Его фуражка с выгоревшим околышем лежала в мотоциклетной коляске.

– Не желаешь прогуляться? – поинтересовался доктор, глядя поверх головы Леонтьева на мошек, круживших возле бледного уличного фонаря, вознесенного на позеленевший от сырости деревянный столб. – К Момотовой Кате.

– К Синдбаду Мореходу? Или она умерла?

– Нет. – Шеберстов показал участковому

asked me to look in. I'm an outsider; at least you're law and order."

Lyosha dropped his fag end in a wide stone vase filled with water and got up with a sigh. "Wish it were winter already . . ."

They set off at a leisurely pace along the slabbed pavement toward the mill, next to which lived Katerina Ivanovna, famous throughout the town for her exemplarily unsuccessful life.

She'd arrived here in East Prussia with the first settlers. Her husband had worked at the paper mill, she as a washerwoman at the hospital. They'd had four kids: two of their own and two they took from the children's home. The withered little woman had a big household to look after: a vegetable patch, a cow, a piglet, two dozen sheep, chickens, ducks, her ailing husband, Fyodor Fyodorovich (who'd been wounded three times at the front), and the kids. In '57, she lost half a leg—she was run over by a train as she was bringing the heifer back from pasture. She'd had to leave the washhouse. Got a job as a caretaker at the nursery school. That same year her eldest boy, Vasya, drowned in the Pregolya. Three years later Fyodor Fyodorovich died too: an operation on his heart, which had been grazed by shrapnel, proved too much for him. The girls grew up and left town. The youngest, Vera, married a drunken, thieving down-and-out; dumping their son on his granny, they upped and left for Siberia,

ключ. – Просила к ней заглянуть. Я прохожий, а ты все же власть.

Леша бросил окурок в широкую каменную вазу, заполненную водой, и со вздохом поднялся.

– Скорей бы зима, что ли...

И они неторопливо зашагали по плитчатому тротуару в сторону мельницы, рядом с которой и жила Катерина Ивановна, известная всему городку своей образцово незадавшейся жизнью.

Сюда, в бывшую Восточную Пруссию, она приехала с первыми переселенцами. Муж ее работал на бумажной фабрике, а Катерина Ивановна – прачкой в больнице. У них было четверо детей – двое своих да двоих взяли в детдоме. Маленькая сухонькая женщина тянула большое хозяйство – огород, корова, поросенок, два десятка овец, куры да утки, ухаживала за прибаливавшим мужем (он был трижды ранен на фронте) и детьми. В пятьдесят седьмом лишилась ноги по колено – попала под поезд, когда встречала с пастбища телку. Из прачечной пришлось уйти. Устроилась сторожихой в детском саду. В том же году утонул в Преголе старший сын Вася. А через три года отмучился и Федор Федорович: не перенес операции на задетом осколком сердце. Дочери выросли и разъехались. Младшая Верочка вышла за пьяницу, вора и бродягу, с которым однажды, оставив сына бабушке, укатила на заработки в Сибирь и словно сгинула. Чтобы

hoping to make some money—and vanished. For the sake of the kid, Katerina Ivanovna knitted to order (before her fingers became riddled with arthritis), sheared sheep, and herded all summer long. It wasn't easy for her chasing after the animals on her peg leg, but the pay wasn't bad and sometimes she'd even get fed out in the fields—she didn't grumble. The boy grew up, did his stint in the army, got married, and only rarely—for New Year or May Day—sent his grandma a card wishing her success in her work and happiness in her private life. Katerina Ivanovna's pension was piddling. By and by, she found herself collecting empty bottles in vacant plots and backstreets or outside shops. She'd get into squabbles with her rivals, boys who yelled, "How much for a pound of old hag!" when they saw her and swiped her booty. Katerina Ivanovna got angry and swore, but her rage only lasted so long. Eventually she found a solution. She'd head out of town bright and early with a sack over her shoulder and hunt for empties in the ditches and woods by the road. Despite the pain from her leg, she trudged for miles each day, returning home with her rich pickings late in the evening, her eyes sunken and hot sweat streaming off her. She crumbled bread into a deep bowl, poured vodka over it, and slurped it up with a spoon. Once in a while she'd start singing something afterward in a quiet, tinkling voice. "Others in her shoes would've croaked ages ago," Battle-Ax, the town czarina, would

вытянуть мальчика, Катерина Ивановна бралась и за вязанье на заказ, пока пальцы артритом не скрючило, и за стрижку овец, и на все лето нанималась в пастухи. На деревянном протезе ей было нелегко угнаться за скотиной, но платили неплохо, да еще кормили иногда в поле, – она и не роптала. Мальчик вырос и ушел в армию, после женился и лишь изредка – к Новому году да первому мая – присылал бабушке открытку с пожеланиями успехов в труде и счастья в личной жизни. Пенсия была крошечная. Как-то незаметно для себя Катерина Ивановна втянулась в сбор пустых бутылок – по пустырям, закоулкам, у магазинов, – вступая в ссоры с мальчишками-конкурентами, при виде ее оравшими: «Почем фунт старушатины!» – и перехватывавшими добычу. Катерина Ивановна сердилась, ругалась, но надолго ее гнева не хватало. В конце концов она нашла выход. С утра пораньше с мешком за плечами отправлялась за город в поисках бутылок, валявшихся по кюветам да в придорожном лесу. Невзирая на боль в ноге, она каждый день проделывала многокилометровые походы, возвращаясь поздно вечером с богатой добычей, вся в горячем поту и с запавшими глазами. Накрошив в глубокую миску хлеба, заливала его водкой и хлебала ложкой. Изредка после этого начинала напевать что-то тихим дребезжащим голоском. «Другая б на ее месте давным-давно померла, – говорила

say. "But she's not even properly bonkers yet." It was
thanks to her bottle hikes that Katerina Ivanovna
received the nickname Sinbad the Sailor.

Glancing furtively to both sides, Dr. Sheberstov
opened the front door and motioned Lyosha ahead.
Lyosha turned on the lights in the hall and kitchen.
"What did she want anyway?" he shouted from the other
room. "What is it we're after?"

Sheberstov didn't reply. He unfolded the piece of paper
that Katerina Ivanovna had given him along with the key,
and his face became flushed and swollen. He flung the
scrap on to the kitchen table, bent down to avoid hitting
his head on a beam, and, wheezing noisily, came up
behind Lyosha. The policeman was pensively inspecting
the old woman's second room. A dim, unshaded bulb
shone on an enormous pile of paper that took up nearly
all the available space.

"What's she been doing, writing novels?" muttered
Lyosha. "Look here . . ." He picked up a scrap of paper
from the floor. "'I loved you. Even now, perhaps, love's
embers' . . ." He threw the doctor a puzzled look. "What's
it all about, eh?"

Sheberstov put his stick in his other hand and shoved
Lyosha firmly to one side. Puffing and panting, he

известная городская царица Буяниха. – А эта еще и
не чокнулась по-настоящему». За свои бутылочные
походы и получила Катерина Ивановна прозвище
Синдбад Мореход.

Оглядевшись зачем-то по сторонам, доктор
Шеберстов отпер входную дверь и жестом приказал
Леше идти вперед. Леонтьев включил свет в
прихожей и кухне.

– А чего она хотела? – крикнул он из комнаты. –
Чего ищем-то?

Шеберстов не ответил. Он развернул сложенную
вчетверо бумажку, которую ему дала вместе с
ключом Катерина Ивановна, и лицо его побагровело
и набрякло. В сердцах швырнув бумажку на
кухонный стол, он пригнулся, чтоб не стукнуться
головой о притолоку, и с шумным сопением
остановился за спиною Леонтьева. Участковый
задумчиво разглядывал обстановку второй
старухиной комнаты. Неяркая лампочка без абажура
освещала громадную груду бумаги, занимавшую
едва ли не все свободное пространство.

– Она романы, что ли, сочиняла, – недовольно
пробурчал Леонтьев. – Глянь-ка... – Он поднял с пола
листок бумаги. – Я вас любил, любовь еще, быть
может... – недоуменно посмотрел на доктора. – И чего
это, а?

Шеберстов переложил палку в другую руку и
решительно отодвинул Лешу в сторону. Отдуваясь,

squeezed through a narrow gap to a bent-backed chair and sat down. He grabbed a handful of scraps from one of the piles and started reading.

"So what *is* all this?" Lyosha repeated, gazing in bewilderment at one of the scraps covered with an old woman's scrawl. "She can't have . . ."

Sheberstov angrily looked him up and down.

"So who do you think invented the soul, the devil?"

All night long they sorted through the papers that Sinbad the Sailor had asked to be destroyed and that she'd hidden from sight for almost fifty years. Every day, starting on November 1945, she'd written out one and the same poem by Pushkin: "I Loved You." Eighteen thousand two hundred and fifty-two pieces of paper of various sizes had been preserved, and those eight immortal lines were on every one of them, their beauty undimmed despite the lack of punctuation: the old woman had never used so much as a comma. She must have written from memory and had made many spelling mistakes; as for the word "God," she'd always capitalized it, despite the Soviet orthography of the time. She'd put the date at the bottom of every scrap and, very rarely, added a few words: *March 5, 1953, Stalin died*; *April 19, 1960, Fyodor Fyodorovich is dead*; *April 12, 1961, Gagarin flew away to the moon*; *August 29, 1970, Petinka* (her

втиснулся в узкую щель, где стоял стул с гнутой спинкой, и сел. Выдернул из бумажного вороха пачку листков и принялся читать.

– Да что же это такое? – повторил Леша, растерянно глядя на исписанный старухиными каракулями листок. – Неужели она...

Шеберстов сердито посмотрел на него снизу вверх.

– А ты думал, что душу черт выдумал?

До самого утра они разбирали бумаги, которая Синдбад Мореход просила уничтожить и почти пятьдесят лет таила от чужих глаз. Каждый день, начиная с 11 ноября 1945 года, она переписывала от руки одно и то же стихотворение Пушкина – «Я вас любил...». Сохранилось восемнадцать тысяч двести пятьдесят два листа бумаги разного формата, на каждом – восемь бессмертных строк, не утративших красоты даже без знаков препинания – ни одного из тринадцати старуха ни разу не употребила. Она писала, видимо, по памяти и делала ошибки – например, слово «может» непременно с мягким знаком в конце. Слово же «Бог» – вопреки тогдашней советской орфографии – всегда с большой буквы. Внизу каждого листка она обязательно ставила дату и – очень редко – прибавляла несколько слов: 5 марта 1953 года – «помер Сталин»,[1] 19 апреля 1960 года – «помер Федор Федорович», 12 апреля 1961 года – «Гагарин улетел на Луну», 29 августа 1970

grandson) *had a girl, Ksenya.* Several sheets were burnt at the corners, others were ripped, and you could only guess at the emotional state she must have been in that day, when she wrote yet again, *I loved you* . . . Eighteen thousand two hundred and fifty-two times she'd reproduced those eight lines on paper. Why? And why those eight lines in particular? And what were her thoughts when she wrote out the end of the poem, *As God grant you may yet be loved again,* adding neatly, *Stalin died* or *Fyodor Fyodorovich is dead*?

Just before dawn, Sheberstov and Lyosha lit the stove and started burning the paper. The stove took only half an hour to warm up, and the room got stifling hot. Both felt uneasy, but when Lyosha said, "What's the difference, burning a person or burning this . . . ?" the doctor just snorted angrily. There was one scrap—the one Katerina Ivanovna had given him—that Sheberstov decided to keep, even if he didn't know why. Perhaps just because, for the very first time, the old woman hadn't written the date, as though she'd understood that time is powerless not only over the eternity of poetry, but even over the eternity of our wretched life . . .

года – «Петинька (это был внук) родил дочку Ксению»... Несколько листков были обожжены по углам, некоторые – порваны, и можно было только гадать, в каком душевном состоянии она была в тот день, когда в очередной раз писала «Я вас любил...». Восемнадцать тысяч двести пятьдесят два раза она воспроизвела на бумаге эти восемь строк. Зачем? Почему именно эти? И о чем она думала, дописав стихотворение – «как дай вам Бог любимой быть другим» – и аккуратно выводя «помер Сталин» или «помер Федор Федорович»?

Под утро Шеберстов и Леша растопили печку и принялись жечь бумагу. Уже через полчаса печка нагрелась, в комнате стало жарко. Оба чувствовали себя почему-то неловко, но когда Леонтьев пробормотал: «А какая разница, человека жечь или вот это...» – доктор лишь сердито фыркнул. Один листок – тот, который дала ему Катерина Ивановна, – Шеберстов все же сохранил, хотя и сам не понимал, зачем и почему. Быть может, лишь потому, что на нем – впервые – старуха не поставила дату, словно поняла, что время не властно не только над вечностью поэзии, но даже над вечностью нашей жалкой жизни...

The Beast

Зверь

_____

Ludmila Ulitskaya

Translated by Brian James Baer

Within a single year Nina was left by her mother and her husband; there was now no one to cook for, no one to live for. Like Eve in her banishment, she looked toward her past, and everything there seemed wonderful and all the insults and humiliations were erased. She even contrived a way to forget the battle position she'd occupied throughout the entire eleven years of her marriage, standing in the crossfire of the mutual hatred of the two people she loved. With the passage of time all these memories—the disgraceful picking, the indecent mutual jabs, the irritation that would boil over, and the furious quarrels that took place every time Nina managed to bring them together at the table with the white tablecloth in the foolhardy hope that she might reconcile the irreconcilable—seemed now more like a drama of complicated personalities. Nina's life had never been a paradise, except perhaps in her youth when she was still studying in the conservatory, before she knew Seryozha and before she'd experienced her first misfortune. And now everyone was dead; her life seemed to be locked in a circle, and her past, now illuminated with the cinematic light of happiness, was greedily devouring both her empty present and her future, which had been deprived of any kind of meaning.

She was now, in all her thoughts and feelings, exclusively attached to the deceased, who looked out at

В один год ушли от Нины мать и муж, не для кого стало готовить, не для кого жить. Теперь она, как Ева из изгнания, смотрела в сторону своего прошлого, и все ей там, в прошлом, казалось прекрасным, а все обиды и унижения выбелились до полного растворения. Она даже ухитрилась забыть о том боевом перекрестье, на котором она стояла все одиннадцать лет своего брака, в огне взаимной ненависти двух любимых ею людей. Теперь, по истечении времени, все это вспоминалось скорее как драма сложных характеров, а не как бытовое позорное цепляние, неприличные взаимные уколы, раздражение, доходящее до точки кипения, и яростные скандалы, случающиеся всякий раз, когда Нине удавалось свести их за белой скатертью в безумной надежде соединить несоединимое. Никогда, никогда не жила Нина в раю, разве что в ранней молодости, когда она еще училась в консерватории, не знала Сережи и не случилось с ней ее первого несчастья. Но теперь все умерли, жизнь как будто свернулась кольцом, и прошлое, освещенное кинематографическим светом счастья, прожорливо заглотило и пустынное настоящее, и лишенное какого бы то ни было смысла будущее.

Всеми мыслями и чувствами она была привязана теперь исключительно к покойникам, которые

her from the walls. Mother with a harp, mother in a hat, mother with a monkey in her arms. Seryozha—a boy with a wooden horse; Seryozha—a schoolboy with a thin forelock; Seryozha—a yachtsman with rock-hard shoulders; the penultimate Seryozha—with his cheeks now settled on his neck, abusive, dangerous; and the last Seryozha—the gaunt face, the sunken temples, and the eyes that held either doubt or conjecture. Or a ripening thought that was never voiced. And there was Grandma Mziya, who died before Nina was born, with an old-fashioned, stern face in a round girlish hat under a dark veil, a famous singer of now-forgotten songs . . . Almost two years had passed since her mother died, eleven months since Seryozha's death, but it didn't get any easier; it only got worse. She was tormented by dreams. Not nightmares, but limp and faded images that appeared gray against a brown background, so worn out you couldn't call them dreams. In these weak dreams Nina used to say to herself, "Wake up, wake up," but this drab web of shadows wouldn't let her go, and when Nina was finally able to break free, she would carry with her into the light of day an indescribable anguish, nasty as a toothache.

Like a pressure cooker, Nina would boil these nocturnal anxieties inside herself until, completely exhausted, she would complain to her friends. She had two friends: the older, Susanna Borisovna, was highly educated with a mystical bent—she was even a member

смотрели на нее со всех стен. Мама с арфой, мама в шляпке, мама с обезьянкой в руках. Сережа – мальчик с деревянной лошадкой, Сережа – школьник с прозрачным чубчиком, Сережа яхтсмен с каменными плечами, предпоследний Сережа с осевшими на шею щеками, матерый, опасный, и последний – худое лицо, вмятые виски, в глазах не то сомнение, не то догадка. Или созревшая мысль, так никогда и не высказанная. И бабушка Мзия, умершая до Нининого рождения, с лицом старинным и суровым, в круглой девичьей шапочке под темным покрывалом,[1] знаменитая исполнительница забытых теперь песен... Почти два года прошло, как умерла мама, одиннадцать месяцев после смерти Сережи, а легче нисколько не делалось, становилось только хуже. Замучили сны. Не кошмары, а какие-то серые, на коричневом фоне вялые и блёклые картинки, такие трухлявые, что и сном не назовешь. Нина говорила себе в этом слабом сне: проснись, проснись, – но тусклая паутина теней не отпускала ее, а когда Нина наконец выбиралась оттуда, то выносила на белый день неописуемую тоску, злую, как зубная боль.

Нина наподобие кастрюли-скороварки проваривала в себе эти ночные переживания и, вконец измучившись, пожаловалась своим подругам. Подруг у нее было две: старшая, Сусанна Борисовна,[2] – дама высокообразованная и

of the Anthroposophical Society. The younger, Tomochka, was unassuming and shy, and so God-fearing that over the years of their friendship Nina developed an aversion to that God who demanded so much from Tomochka but gave her absolutely nothing in return. Even what little had been given to Tomochka at birth—a pallid beauty— had already been taken away. Her mother scalded her when she was a child and her right cheek was severely scarred from the burn. Both friends helped Nina a lot in those difficult times, but there was no love lost between them; they were jealous of each other. When talking about Susanna, the humble Tomochka would become filled with anemic spite—she didn't have the temperament for any stronger feelings. She would blush and say in a hissing voice, "She'll show her true self, she'll reveal herself, mark my words. I feel her devilish deeds in my gut . . ." Susanna Borisovna treated Tomochka with what appeared to be condescension, only on occasion making some passing reference to Tomochka's ignorance, her wild pagan delusions, and her primitiveness. It should be mentioned that Nina's deceased husband couldn't stand either of them—he thought Tomochka was a dimwit, and he referred to Susanna Borisovna exclusively as "Madame Gritsatsueva" behind her back.*

When the primitive Tomochka learned of Nina's nocturnal torments, she announced that she would pray

---

*Madame Gritsatsueva is a well-known character from the comic novel *The Twelve Chairs* by Ilf and Petrov.

мистически одаренная, даже состоявшая в антропософском обществе; и младшая, Томочка, – женщина простоватая, пугливая и такая богобоязненная, что за годы их дружбы Нина даже прониклась неприязнью к тому Богу, который столь многого от нее требовал и ничегошеньки не давал взамен. И даже то немногое, что от рождения было Томочке дано, – бледноватая миловидность, – и то у нее было отобрано: мать ошпарила ее в детстве, и правая щека ее сильно пострадала от ожога. Обе подруги много помогали Нине в ее тяжелые времена, но друг дружку недолюбливали, ревновали. Смиренная Томочка, говоря о Сусанне, наливалась анемичной злостью – на более яркие чувства у нее не хватало темперамента. Она розовела и говорила шипучим голосом: она еще себя покажет, попомнишь мои слова, я прямо нутром чувствую ее бесовские дела... Сусанна Борисовна относилась к Томочке как будто снисходительно, только время от времени легонько высказывалась о Томочкином невежестве, о ее диких языческих заблуждениях и примитивности. К слову сказать, покойный Нинин муж обеих терпеть не мог – Тому считал убогенькой, а Сусанну Борисовну иначе как «мадам Грицацуева» за глаза не называл.[3]

Примитивная Томочка, узнав от Нины о ее ночных страданиях, объявила, что будет о ней усиленно молиться, а ей, Нине, надо непременно

hard for her, but that Nina must take communion because all these ordeals had been sent to her for the sole purpose of making her enter into a relationship with God. Susanna Borisovna, who was in some sense a doctor—she owned a beauty salon—prescribed Nina a tranquilizer and some sleeping pills. She interpreted her difficult dreams as the partial destruction of the astral bodies of her deceased family members, as a reflection of the unfavorable circumstances of their posthumous journey. She recommended that Nina set off on a path of self-perfection and to that end left her a book about spiritual hierarchies and their reflection on the spiritual plane, which was exceptionally boring.

Whether it was the medicine that helped or Tomochka's prayers, she began to sleep better. The gray and brown shadows stopped swirling about, but, weirdly, she began dreaming of a foul odor. She would wake up from the unbearable stench, which inspired horror with its unearthly power, but would then fall back asleep. She began to have the sensation that there was someone in the house—a shadow, a ghost, an evil spirit. And the stench was unlike anything else. It was probably like the smell from those chemical substances that drive people insane.

A few days later the stench from her dreams seemed to materialize. Returning home from work, Nina smelled the acrid scent of cats; it was disgusting but not beyond the limits of propriety. With her long and keenly sensitive

причаститься, потому что все эти испытания насыпаются на нее исключительно для богообращения... Сусанна Борисовна, в некотором роде врач у нее был косметологический кабинет, – выписала Нине транквилизатор и снотворное, а тяжелые сны объяснила неполным разрушением астральных тел ее дорогих покойников, неблагоприятными обстоятельствами их посмертного пути, рекомендовала Нине встать на путь самосовершенствования и оставила с этой целью редкую по своему занудству книгу про духовные иерархии и их отражения на духовном плане.

То ли лекарства помогли, то ли Томочкины молитвы, но первое время спать она стала получше, серо-коричневые тени больше не мельтешили, но, странное дело, снился премерзкий запах. Она просыпалась от нестерпимой вони, наводящей ужас своей нездешней силой, потом засыпала снова. Появилось ощущение, что в доме кто-то есть: тень, призрак, недобрый дух... И эта вонь, ни на что не похожая. Вероятно, вроде тех химических веществ, от которых люди сходят с ума.

Через несколько дней приснившаяся вонь как будто материализовалась. Придя однажды с работы, Нина почувствовала резкий кошачий запах, отвратительный, но не выходящий за рамки пристойного реализма. Своим длинным и чутким

nose, Nina soon found the epicenter of the stench—it was Seryozha's slippers, which all this time had been lying on the shoe rack by the door. Nina washed the slippers thoroughly, with detergent, but some of the most deep-seated molecules remained and so she had to spray the apartment with a deodorizer. But the smell of cats still broke through the lavender and jasmine. She called Susanna Borisovna to complain. The latter was silent for a bit and then said, out of the blue: "You know what, Ninochka, you have to give up smoking."

"Why do you say that?" Nina asked in astonishment.

"You're being attacked by mystical forces, Nina, and smoking dulls your mystical intuition," Susanna Borisovna explained. "There's something inauspicious in your apartment . . ."

Inauspicious was the least that could be said about this apartment. It was a cursed place, a thrice-cursed place—she felt ill at ease in it from the very beginning. Right after Nina's mother's death Seryozha felt the urge to exchange their small cozy apartment on Begovaya Street and her mother's one-room apartment for this palace, and Nina was unable to dissuade him. He didn't want to hear that it was on the top floor or that there were leaks in the ceiling. That year his business was doing so well he couldn't care less about the holes in the roof and was

носом Нина скоро нашла эпицентр вони: это были домашние тапочки Сережи, которые все это время стояли возле двери в калошнице. Нина тщательно, с порошком, отмыла тапочки, но, вероятно, несколько особо въедливых молекул осталось, так что ей пришлось еще побрызгать в квартире дезодорантом. Но кошачий запах все равно пробивался сквозь лаванду и жасмин. Она позвонила Сусанне Борисовне и пожаловалась. Та помолчала, помолчала, а потом сказала неожиданно:

– Знаете, Ниночка, а вам необходимо бросить курить.

– Это почему же? – изумилась Нина.

– На вас идет мистическое нападение, Нина, а курение притупляет мистическое чутье, – пояснила Сусанна Борисовна. – В вашей квартире неблагоприятно...

Неблагоприятно – это самое малое, что можно было сказать об этой квартире. Проклятое место, трижды проклятое место, – душа ее с самого начала к ней не лежала. Сереже приспичило сразу же после смерти мамы объединить их небольшую уютную квартиру на Беговой[4] и мамину однокомнатную в эти хоромы, и отговорить его Нине не удалось. Он и слушать не хотел ни о последнем этаже, ни о протечках на потолке. В тот год дела его шли так хорошо, что плевал он на эту дырявую крышу и

ready to install a whole new roof over his head. That's the kind of a person he was.

Within six months he had accomplished everything exactly the way he'd planned: he'd broken down walls, raised the floor in half the apartment about a foot, converted the small kitchen and one of the other rooms into a dining room—so that their whole apartment was now one large room with two tiers of windows, drafty and cold. The one inside door led to a large bathroom— the only place Nina liked in the entire apartment. She put a small table there where she would drink her coffee in the morning, sitting on a stool between the tub and the toilet.

It was this accursed apartment that devoured all of Seryozha's strength and drove him to his death. Nina especially hated the fireplace. From a technical point of view it didn't work—the chimney was designed by some PhD in math or physics, not by a stove maker—and so smoke would immediately fill up the entire apartment and bitter-tasting flakes would float around for a long time. Seryozha didn't have enough time to rebuild it because toward the end of the renovation, the tests, diagnoses, consultations, and hospital stays had already begun.

He'd fallen ill with an aggressive form of cancer only six months before he died, leaving the doctors in a state of medical confusion—he was devoured by metastases, but they were never able to find the primary source. But

готов был над своей головой и крышу переложить. Такой уж был человек.

За полгода он сделал все точно так, как задумал: повалил стены, поднял в половине квартиры пол сантиметров на тридцать, превратив небольшую кухню и одну из комнат в трапезную, – и все жилище их представляло собой двухсветный зал, сквозняковый, холодный, а внутренняя дверь вела в большой совмещенный санузел – единственное любимое место Нины во всей квартире. Теперь она поставила туда маленький столик и по утрам пила кофе на табуретке между ванной и унитазом...

Эта проклятая квартира и съела Сережины силы, угробила его. Особенно ненавидела Нина камин. С технической стороны он не удался: дымоход был сделан кандидатом физико-математических наук, а не печником, – дым мгновенно наполнял всю квартиру и потом долго плавал едкими клоками. Сергей так и не успел его переделать, потому что к концу ремонта уже начались анализы, диагнозы, консультации и больницы...

Всего полгода он проболел скоротечным раком и умер, оставив врачей в медицинском недоумении: он был съеден метастазами, а первичного источника они так и не нашли. Но для Нины это уже значения

for Nina it didn't matter. She was now completely alone
and her physiological makeup left her unable to cope
with the loneliness. She felt like a panic-stricken fly
whose wings had been torn off. She kept turning in one
spot while the world was sinking beneath her feet or
falling somewhere off to one side . . . And now this
calamity.

The mystical attack prophesied by Susanna Borisovna
materialized in the most down-to-earth way a few days
later. When Nina returned from work, she found right in
the middle of the couch, on the beige knitted blanket, a
disgusting pile of the most material of matter. The stench
in the apartment was so foul that even the air seemed to
acquire that brownish-gray shade of inhuman anguish
that was so familiar to her from her dreams. Nina
covered her face with her hands, let down her sad
Georgian hair, and began to cry. She didn't cry for long
because her friend Tomochka stopped by. Tomochka
gasped, started fussing about, removed the pile of
excrement, and then explained its appearance in a most
rational way.

"Don't leave the upper windows open. It was probably
some homeless cat from the roof who found its way into
your place."

"What cat?" Nina objected.

"What do you mean, what cat? A big cat, a very big cat
has defecated," explained Tomochka with confidence.

не имело. Она осталась совсем одна, а по своей физиологической природе одиночества выносить не умела, испытывала состояние обезумевшей мухи, у которой оторвали крылья: крутилась, кружила на месте, а мир проваливался под ногами или падал куда-то вбок... И теперь это наваждение...

Предсказанное Сусанной Борисовной мистическое нападение явило себя самым низменным образом в один из следующих дней. Придя с работы, Нина обнаружила в са мой середине тахты, на бежевом вязаном покрывале, отвратительную кучу самого что ни на есть материального свойства. Вонь в квартире стояла столь скверная, что казалось, даже воздух в доме приобрел тот самый коричнево-серый оттенок нечеловеческой тоски, который был знаком ей по сновидениям. Нина положила голову на руки, уронила свои грустные кавказские волосы и заплакала. Плакала она недолго, потому что пришла подруга Томочка. Томочка охнула, засуетилась, убрала кучу и объяснила ее происхождение самым рациональным образом:

– Форточки открытыми не оставляй, это к тебе с крыши какой-нибудь бездомный кот повадился.

– Какой еще кот? – возразила Нина.

– Какой, какой... Большой кот, очень большой кот нагадил, – уверенно разъяснила Томочка.

She knew what she was talking about—she'd been a cat lady all her life. Nina washed the blanket and cleaned the floors, which made it easier to breath. But the smell didn't disappear completely, so they went to Tomochka's to spend the night. They closed the upper windows tightly before leaving. The next day when Nina returned from work, there was a pile in the same place, right on the blanket. The upper windows were still closed.

It was indeed something mystical. Susanna Borisovna was right. What cat can get in through a closed window?

She started washing everything again, then used an entire bottle of deodorizer. Shaking from a nervous chill, she lay down on the defiled couch. She'd grown accustomed to the smell but now some muffled sounds from an unidentified source were keeping her from falling asleep . . .

This is exactly how people go insane, Nina surmised.

When leaving for work the next morning, Nina closed the upper windows and the balcony door tight.

Nonetheless, she didn't dare enter her apartment alone. She went to pick up Tomochka and they arrived at the apartment together sometime after eight o'clock. Nina opened the complicated lock of the double door and entered. Tomochka followed her. He was waiting for them as if it were time to introduce himself. He was sitting in the armchair—a huge, confident cat—with his chubby cheeks turned toward the door. Nina groaned softly. Tomochka seemed delighted.

Она знала, что говорила, – всю жизнь была кошатница.

Нина постирала покрышку, вымыла полы, дышать стало полегче, но до конца запах не выветрился, и они пошли ночевать к Томочке. Форточки перед уходом плотно закрыли. На следующий день, когда Нина пришла после работы домой, куча лежала на прежнем месте, прямо на одеяле. Форточки по-прежнему были закрыты.

Действительно, мистика. Права была Сусанна Борисовна. Никакой кот в закрытую форточку не влезет.

Она снова принялась за стирку и мытье, вылила флакон дезодоранта и, трясясь от нервного озноба, легла в оскверненную постель. К запаху она притерпелась, заснуть ей теперь мешали какие-то неясные, из неопределенного источника исходящие звуки...

Именно так и сходят с ума, догадалась Нина.

Утром, уходя на работу, Нина накрепко заперла форточки и балконную дверь.

Однако возвращаться домой одна она не решилась, заехала за Томочкой, и в девятом часу пришли вдвоем. Нина открыла сложный замок двойной двери, вошла. Следом за ней Томочка. Он их ждал, как будто решил, что пришла пора представиться. Сидел в кресле, огромный, самоуверенный, щекастой мордой к двери. Нина тихо ойкнула. Томочка даже как будто восхитилась:

"What a giant!"

"What are we going to do?" Nina asked in a whisper.

"What do you mean? Feed him, of course."

"Are you crazy? Then he'll never leave! Look, he defecated again." There was a new pile in the middle of the entry hall.

He was a character, clearly. With a keen eye. He always chose the very middle, without fail.

"First we have to give him something to eat, and then we'll see," Tomochka decided.

He wasn't furry—quite the opposite. He was completely smooth and the color of asphalt. He sat motionless with his head slightly lowered, looking at them with a fixed, animal stare and, to all appearances, felt no guilt.

"What an impudent creature," Nina said indignantly, while taking out a pot with some old soup, which she routinely made—a habit of many years. She threw in two meat patties and placed the pot on the stove.

Later Tomochka put a bowl with some warmed-up soup by the door, right on the mat, and called out: "Here, kitty." He was familiar with human language. He jumped down heavily from the armchair and slowly walked toward the bowl. He looked impressive. If he were a man, one would say that he walked like an old weight lifter or a wrestler, stooping from the weight of his muscles, the weariness of an athlete, and from his fame. He stopped in

– Ну и котяра!

– Что делать будем? – шепотом спросила Нина.

– Как-что? Кормить, конечно.

– Ты с ума сошла? Он же никогда отсюда не уйдет! Вон, опять нагадил. – Новая куча лежала посередине прихожей.

Это был, конечно, характер. И точный глаз. Он всегда безошибочно выбирал середину.

– Сначала надо дать поесть, а там видно будет, – решила Томочка.

Он был не пушистый, а, напротив, совершенно гладкошерстный и как будто асфальтовый. Сидел неподвижно, опустив слегка голову, смотрел на них стоячим звериным взглядом и, судя по всему, виноватым себя не чувствовал.

– Каков наглец, – возмутилась Нина, но вынула из холодильника кастрюльку старого супа, который она, повинуясь многолетней привычке, все варила, бросила туда две котлетки и шлепнула на плиту.

Потом Томочка поставила миску с подогретым супом возле двери, прямо на половик, и позвала его «ксс-ксс». Человеческий язык был ему знаком. Он тяжело спрыгнул с кресла и медленно пошел к миске. Вид у него был внушительный. Если бы он был человеком, можно было бы сказать, что он идет как старый штангист или борец, ссутулившийся от тяжести мускулов, спортивной усталости и славы.

front of the bowl, sniffed, and sat down. Then, with one of his ears pressed to his head and the second one, which was torn, hanging like a leaf, began to devour the soup. Tomochka admonished him in a pleading voice: "You eat, kitty, eat—then leave. Leave. There's no reason for you to stay here. Eat and leave, please."

He looked back, showing his broad chest, gave Tomochka a very knowing look, then buried his head once again in the bowl. When he'd finished everything, he licked the bowl clean. At that moment Tomochka opened the door in front of him and said firmly, "Now leave."

He understood perfectly, took a deceitful step toward the door, and then turned abruptly by the shoe rack and, after making a lightning-fast semicircle around the apartment, dove under the wardrobe.

"He doesn't want to leave," Nina said in a depressed voice. "We shouldn't have fed him."

"Here, kitty," Tomochka called out fervently, but the cat didn't react.

Nina grabbed a mop from the bathroom and shoved it angrily under the wardrobe. The cat darted out, dashed around the apartment a couple of times, then disappeared under the small couch that was standing against the step to the kitchen. Nina fumbled about under the couch. Then she moved it aside. The cat wasn't there. He'd disappeared. The two friends exchanged glances.

Перед миской он остановился, понюхал, присел и, прижав к голове одно ухо – второе, драное, висело лопухом, – начал быстро жрать. Томочка же просительным голосом увещевала его:

– Ты поешь, котик, поешь – и уходи. Уходи, нечего тут тебе делать. Поешь, и уходи себе, пожалуйста.

Он оглянулся, развернувшись широкой грудью, и посмотрел на Томочку очень сознательным взглядом, потом снова уткнулся в миску. Съев все, дочиста облизал миску. Тут Томочка открыла перед ним входную дверь и твердо сказала:

– А теперь уходи.

Он все отлично понял, обманно шагнул в сторону двери, потом резко развернулся возле калошницы и, сделав молниеносный полукруг по квартире, шмыгнул под книжный шкаф.

– Не хочет уходить, – тоскливо сказала Нина. – Напрасно мы его накормили.

– Ксс-ксс, – страстно шипела Тома, но кот не реагировал.

Нина вынесла из ванной швабру и зло сунула под шкаф. Кот вылетел оттуда, метнулся по квартире раз-другой, а потом исчез под диванчиком, придвинутым спинкой к кухонному подиуму. Нина пошарила под диванчиком. Потом отодвинула его. Кота там не было. Он исчез. Подруги переглянулись.

They stood there in silence, mulling over the incident. Then Tomochka leaned down and ran her hand suspiciously across the floorboards. She pressed lightly. One board came loose, revealing a passage into the narrow space that ran under the kitchen floor.

"So that's where he lives," the guileless Tomochka said with delight. "And you call it mysticism . . ."

"This is awful. Now we won't be able to get him out from there . . ."

"We have to nail down the board immediately," Tomochka said, and jumped up with a ridiculous air of decisiveness.

"What are you talking about?" Nina said, coming to her senses. "What if he dies in there? Can you image what will happen? A dead cat in the apartment . . . Oh, if only Seryozha were alive, this would never have happened . . . All this nonsense."

"We should buy catnip—that's what we need to do! We'll lure him out with catnip, and then we'll nail down the board," Tomochka exclaimed. "But we'll need a lot of catnip."

They bought plenty of catnip, poured out a saucer full, and then sat quietly some distance away. Tomochka turned out to be a real expert on cat behavior—in five minutes he came out from under the loose board, scampered toward the saucer, and licked it clean in one sitting. Then he started walking away from the saucer to

Они постояли в молчании, переживая происшествие. Потом Томочка нагнулась и недоверчиво провела рукой по панели. Слегка нажала. Доска отошла. Это был лаз в плоский подпол, образовавшийся под кухней.

– Так вот где он у тебя живет, – обрадовалась простодушная Томочка, – а ты говоришь – мистика...

– Ужас какой... Теперь его оттуда не выкурить...

– Надо немедленно забить доску, – с глупой решительностью вскочила Тома.

– Ты что, – собралась с умом Нина, – а если он там сдохнет? Представляешь, что будет? Дохлый кот в доме...

О, был бы жив Сережа, ничего бы этого не было... Всей этой глупости...

– Валерьянку надо купить, вот что! Мы выманим его валерьянкой и тогда забьем, – воскликнула Тома. – Только валерьянки нужно побольше.

Валерьянки купили много, налили полное блюдечко и затаились. Томочка оказалась настоящим знатоком кошачьей души: через пять минут он вылез из-под отстающей панели, резво подбежал к блюдечку и вылакал его в один присест. А потом он пошел от блюдечка прочь, к своей дыре,

his hole, staggering like a sailor on the deck of a ship. He stomped around, having clearly lost his direction, then turned clumsily and headed toward the couch where the two friends were sitting quietly. Some rudiments of humor awoke in Nina: "And now he'll ask for a smoke . . ."

Tomochka burst out laughing, then issued the command: "He's ready. Let's catch him and take him outside. Then we'll nail the board down." She started calling him again with her "kitty, kitty" and then stretched out her arms toward the cat, but he dashed aside. Nina snatched him up, but he wriggled out of her arms and plopped heavily on the floor. He was drunk all right but wouldn't let himself be caught. By all appearances, the cat was trying to make his way to the hole. Nina pressed the loose board down with her bluish fingers.

"Tomochka, get a box from the bathroom!" she shouted, but the cat seemed to have guessed their plan and decided to retreat to the balcony. With every passing minute he was getting drunker and drunker. "The door! Close the balcony door! He might fall off."

Tomochka ran ahead of the cat and closed the balcony door right in front of his nose. It took quite some effort for them to pack him into the empty cardboard box from the juicer. He bellowed in a deep voice something bad or maybe even obscene . . . They dragged the box out to the yard and put it by the garbage container, then opened the

раскачиваясь, как матрос на палубе. Потоптался, явно потеряв направление, нескладно развернулся и пошел к тахте, на которой затаились подруги. В Нине проснулись зачатки юмора:

– Сейчас закурить попросит...

Отсмеявшись, Томочка скомандовала:

– Все. Берем его и выносим. И немедленно забиваем дыру.

Она снова зашипела свое «ксс», протянула к коту руки, но он метнулся в сторону. Нина подхватила его, он вывернулся и грузно шлепнулся об пол. Пьян-то он был пьян, но в руки не давался. Кот, судя по всему, пытался пробиться к дыре. Нина прижала отошедшую доску своими голубоватыми пальцами.

– Тома, коробку в ванной возьми! – крикнула она, но кот как будто понял их замысел и решил отступать к балкону. С каждой минутой он делался все пьяней. – Дверь! Дверь балконную закрой! Он упадет оттуда!

Тома опередила кота, закрыла перед его носом балконную дверь, и не без труда они запихали его в картонную коробку из-под соковыжималки. Он орал низким голосом что-то ругательное и, может быть, даже матерное... Они выволокли коробку на двор, положили ее возле мусорного контейнера и открыли

flaps. He continued to bellow at the top of his lungs but wouldn't come out. The women hurried home to nail down the board. Then they organized a little celebration on the occasion of their liberation from the enemy—they drank some good Georgian wine. But, as time would tell, it was too early to rejoice.

The special power of this cat consisted in his ability to turn from a boorish brute, who allowed himself to act in the house like no other half-witted cat would, into a bodiless ghost, who could travel effortlessly between Nina's dreams and her everyday life, leaving stench, fear, and some special feline quality that seemed to detach itself from the cat and spread out, settling on objects and permeating Nina through the air, then through the surface of her body, so deeply that she used up several bottles of shampoo and soap to wash away the pervasive filth. He never physically returned but now appeared almost nightly in Nina's dreams. Although he deftly changed his appearance, Nina learned to recognize him in a dark cloud crawling in from a corner of the window, in a landscape that undoubtedly had some relationship to him, and even in the gentleman she used to identify in a crowd in former times as a secret agent.

Susanna Borisovna, who was well informed of all these twists and turns, was about to leave for Germany to attend some colloquium or symposium and promised

крышку. Он продолжал орать благим матом, но не вылезал. Женщины поспешили домой забивать дыру. И устроили себе маленький праздник по поводу освобождения от врага – выпили хорошего грузинского вина. Но ликовали они, как потом выяснилось, преждевременно.

Особая сила этого приходящего кота состояла в том, как легко он превращался из хамской скотины, позволяющей себе то, чего ни одна даже слабоумная кошка не позволяет в доме, в бесплотный призрак, как беспрепятственно он шмыгал между Нининым сном и ее обыденной жизнью, оставляя и там и тут смрад, страх и особого рода кошачесть, которая как будто отрывалась от него самого и растекалась, оседая на вещах и проникая в Нину через воздух, через поверхность ее тела так глубоко, что она изводила флаконами шампуни и мыла, чтобы отмыть эту все-проникающую гадость. Сам он больше не появлялся, зато теперь снился почти каждую ночь, искусно меняя свой облик, но Нина научилась распознавать его в темном облаке, наползающем из угла, в ландшафте, имеющем к нему несомненное отношение, и даже в господине, которого она различала в толпе, как в прежние времена тайного агента.

Сусанна Борисовна, информированная о всех этих перипетиях, собиралась в Германию на коллоквиум или симпозиум и обещала Нине, что

Nina that she would be sure to discuss this situation with the most competent specialist in all of Europe.

One night the cat materialized again. How he got into the apartment remained a mystery. The trapdoor had been nailed down, the balcony and the upper windows were closed, and the fireplace was beyond suspicion as its straight chimney led directly to the roof, and no cat, unless he were an insect, could make it through a perfectly vertical duct that was more than ten feet high. Moreover, the opening of the fireplace was covered. It seemed she'd have to dismantle the entire house to find the secret passage used by the cat. The cat climbed up onto the shelf that hung high above the floor and tilted it to one side, sending her entire collection of delicate black ceramics, wonderful examples of Georgian decorative art that Nina had collected during her college years, tumbling to the ground. Dealing with the apocalyptic horror she experienced in her sleep against the dull black clatter of the avalanche, Nina turned on a light and saw that the floor was covered with pieces of broken crockery, and the cat, who hadn't had time to dissolve—as only he knew how—was hiding in the corner, baring his teeth like a guard dog. It was such a natural continuation of her nightmare that it took her a while to identify where she was—in a new dream or in her own home . . .

Nina started gathering the broken pieces of crockery,

непременно обсудит эту ситуацию с самым компетентным специалистом во всей Европе.

Однажды ночью кот снова явился во плоти. Каким образом он проник в квартиру, осталось неизвестным. Лаз был забит, балкон и форточки закрыты, камин был вне подозрений, поскольку его прямой дымоход выходил непосредственно на крышу, и ни один кот, если он не насекомое, не смог бы преодолеть три с лишком метра абсолютно вертикальной трубы. Тем более, что к устью камина был придвинут экран. Вероятно, чтобы обнаружить тот потайной ход, которым воспользовался кот, надо было бы разобрать весь этот старый дом. Кот влез на высоко подвешенную полку, накренил ее и сбросил, таким образом, всю тонкостенную черную керамику, чудо грузинского прикладного искусства, собранную Ниной еще в студенческие годы. Справившись с ужасом конца света, пережитым ею еще во сне, на фоне звенящего тусклым черным звоном обвала, Нина зажгла лампу и увидела, что пол завален черепками, а кот, не успевший раствориться одному ему известным способом, забился в угол и скалился оттуда наподобие цепной собаки. Это было столь мягкое продолжение ее кошмара, что она не сразу поняла, где находится – в новом сне или в собственном доме...

Нина собирала черепки и, не поворачивая головы, слабо причитала:

uttering vague laments without turning her head: "What kind of a brute are you? Where do criminals like you come from? Why do you keep coming to me? What do you want? Tell me!"

Then she took out half a chicken from the refrigerator, put it out in the stairwell, and said, "Go and eat so I don't have to see you anymore."

He hadn't actually demanded any food. But he didn't reject it either. He made his way lazily toward the chicken. Nina closed the door behind him. She understood perfectly well that he wasn't going to leave her just like that. Four days later he came back. He sat in the armchair as if nothing had happened, as if this were his place, and there, on the middle of the beige blanket, which had been washed and then dried on the balcony, was a convincing sign of his, the cat's, dominance over the apartment and over Nina herself.

In the meantime Susanna Borisovna had returned from Germany and invited Nina over to her place. Susanna Borisovna seemed quiet, tranquil; her house smelled of perfume and wealth; candles were burning. For dinner she served something ridiculous that Nina would have been embarrassed to offer a guest. But Susanna Borisovna was like a dowager queen; she wore a lilac-colored, mantlelike dress, her head was wrapped in a lilac scarf in the shape of a turban, and her makeup was dark and so unattractive that one could never suspect her of coquetry. They ate blue salad made from red cabbage,

– Ну что ты за скотина такая... откуда такие бандиты берутся... зачем ты ко мне приходишь, что тебе надо, скажи...

Потом она вынула из холодильника полкурицы и вынесла на лестничную клетку:

– Иди ешь, и чтоб я тебя больше не видела.

Еды он, собственно, не требовал. Но и не отказался. Лениво пошел за курицей. Нина закрыла за ним дверь. Она отлично понимала, что так просто он ее не оставит. Через четыре дня он появился снова. Сидел в кресле как ни в чем не бывало, вроде бы на своем месте, а на середине бежевого покрывала, вымытого, выветренного на балконном воздухе, лежал убедительный знак его, кота, господства и над этой квартирой, и над самой Ниной.

Тем временем вернулась из Германии Сусанна Борисовна, позвала Нину в гости. Была Сусанна Борисовна на этот раз какая-то утихшая, благостная, в доме у нее пахло благовониями и богатством, горели свечи. На ужин она подала сущую ерунду, Нина бы постеснялась к такому столу звать человека. Зато сама Сусанна Борисовна была как вдовая королева: в лиловой одежде наподобие мантии, голова повязана фиолетовым шарфом в виде тюрбана, грим темный и такой уродливый, что заподозрить ее в кокетстве было никак невозможно. Поели синего салата из красной капусты, потом

then drank purple tea with rosehips, everything in the same palette. And then Susanna Borisovna explained to Nina something that would have never occurred to anyone else. She emphasized that it wasn't just her personal opinion but also the special vision of her teacher. It happens that a person faces certain tasks that must be accomplished, and that higher powers, angels and such, as well as earthly teachers, help us accomplish those tasks. However, if a person resists, then those tasks transform themselves into something horrible like a disease or, for instance, a cat. As for Nina's cat, he was the physical manifestation of her spiritual troubles, but it was possible that the problem was not in Nina herself but in the relationships of those family members who had already passed away . . .

"It is very serious, Nina. It takes a lot of work, but I'm ready to help you as much as I can and to introduce you to more spiritually advanced people," concluded Susanna Borisovna.

This conversation and all the lilac made Nina feel worse. She even thought she should actually go with Tomochka to church; after all, Nina was Orthodox— she'd been baptized in the ancient church of Saint Nina in Tbilisi; she even had godparents . . .

Once again Nina spent a sleepless night, and the pills didn't help.

выпили бордового чаю из шиповника, все в гамме, а потом Сусанна Борисовна объяснила Нине такую вещь, которая никому другому и а голову не пришла бы. Она подчеркнула, что это не только ее личное мнение, но и особое видение ее учителя. Получалось, что перед человеком ставятся определенные задачи, которые необходимо решать, и высшие силы, ангелы и прочие, а одновременно и здешние учителя, эти задачи решать помогают. Однако если человек противится, то задачи эти трансформируются во что-то кошмарное вроде болезни или, например, кота. Нинин же кот есть на физическом плане проявление духовного неблагополучия, но возможно даже, что не в самой Нине дело, а, наоборот, в отношениях тех родственников, которые уже ушли...

– Это очень серьезно, Нина, требуется большая работа, я готова и сама вам помочь по мере возможностей и познакомить вас с продвинутыми людьми, – заключила Сусанна Борисовна.

От этого разговора и от всей этой лиловости Нина почувствовала себя еще хуже и даже подумала, не сходить ли ей действительно с Томочкой в церковь, все-таки была она человек православный, крещена во младенчестве в старинном тбилисском храме святой Нины, и даже крестные родители имеются...

Опять Нина ночь не спала, и таблетки не помогали.

The next day Mirkas, Nina's boss and a friend of her late husband, asked her to stop by his office after lunch. He had hired her to work in the office after Seryozha's death and paid her good money, even though when he hired her, he had no idea how accurate and responsible Nina was with every task; and with record keeping she was top-notch.

When he called her into the office, she started to worry that she'd done something wrong. Last week they were working on a very complicated contract and it was very possible she'd messed something up. But as soon as she entered the room, he surprised her with a question: "Listen, Nina, are you sick? You look, well, awful . . ."

They used to address each other informally, but now Nina tried to use grammatically subjectless constructions in their conversations so as not to draw attention to their new work relationship. They had known each other far too long to be on formal terms.

"It's nothing. I just have insomnia."

He examined her with the look of an expert in consumer goods—she wasn't to his taste, but she was certainly very stylish. She was thin, prematurely gray, and always in black. Of course, she had a long chin, her cheeks were sunken, and she had dark circles under her eyes—but still there was something about her . . .

На следующий день Миркас, начальник Нины и друг покойного Сережи, велел зайти к нему после обеда. Он взял ее к себе в контору после смерти Сергея, платил хорошие деньги, хотя, когда брал, понятия не имел, как точна и аккуратна Нина в любой работе, а в делопроизводстве вообще царь и бог.

Он вызвал ее – и она забеспокоилась, не допустила ли какой оплошности. На прошлой неделе проходил очень сложный контракт, и она вполне могла что-то напутать. Но когда она вошла к нему в кабинет, он ее сразу ошарашил:

– Слушай, Нина, ты не больна? У тебя вид ну никакой...

Прежде они были на «ты»,[5] но теперь Нина старалась при разговоре строить фразу грамматически неопределенно, чтобы никак не обозначать их новые служебные отношения. Слишком давно они были знакомы, чтобы переходить обратно на «вы».

– Все ничего. Бессонница у меня.

Он осмотрел ее товароведческим взглядом: она была не его вкусе, но, бесспорно, очень стильная. Худая, с ранней откровенной сединой, всегда в черном... Конечно, длинный подбородок, впалые щеки, круги под глазами – но ведь есть, есть в ней что-то...

"You should take a lover," he advised her sullenly.

"Is that a work assignment or a friendly piece of advice?" she said, lowering her eyes but pulling up her chin.

What a foolish, proud woman!

"Insomnia is a disease. Maybe you need a vacation? In Tunis, the Canary Islands—where do young women go on vacation? The company will pay for it . . . Take a week or ten days. It's hard to look at you," he said with a note of either irritation or squeamishness, while Nina kept pulling her chin up higher.

Then he crinkled his brow, wrinkled his nose, and said in a kind, sympathetic voice: "What's happened to you . . . What's wrong?"

At that moment proud Nina began shedding tears,

"Oh, Tolechka, you wouldn't believe it . . . I'm being tormented by a cat . . ."

Confused and incoherent, Nina recounted her entire story. As he listened his sympathy seemed to melt away, and at the end of the story he said brusquely, in his typical boss's voice: "Listen. As soon as he shows up again, beep me immediately on my pager. I'll take care of him."

Rumor had it that Mirkas knew how to take care of things.

It's possible those rumors reached the cat too, because he stayed out of sight for a few days, although he continued to pay attention to Nina's apartment. Once,

– Любовника заведи, – хмуро посоветовал он.

– Это служебное распоряжение или дружеская рекомендация? – Взгляд опустила, а подбородок вверх тянет.

Дура, гордячка.

– Бессонница тоже болезнь. Может, тебе отдохнуть надо? В Тунис, на Канары, – куда там девушки отдыхать едут? Фирма оплачивает... Возьми неделю, десять дней. На тебя смотреть невозможно. – Он говорил не то раздраженно, не то брезгливо, а Нина все выше задирала подбородок.

Потом он скривился, сморщился и сказал хорошим человеческим голосом:

– Ну че, че у тебя случилось... Какие проблемы? И тут гордая Нина закапала глазами:

– Ой, Толечка,[6] не поверишь... Кот замучил...

Сбивчиво и путано Нина рассказала всю историю. По мере того как он слушал, сочувствие его видимо улетучивалось, и к концу рассказа он обычным своим начальни-чьим голосом отрубил:

– Значит, так. Как только появится, сразу звони мне на пейджер. Я с ним разберусь.

Слухи про Миркаса ходили такие, что разборки он производить умеет.

Возможно, до кота эти слухи тоже докатились, потому что он на глаза несколько дней не показывался, хотя своим вниманием Нинину квартиру не оставлял. Как-то, уйдя на работу, Нина

when Nina left for work, she failed to close the door of her wardrobe and that rascal took advantage of her mistake and defecated in it. Poor Nina had to drag all her clothes, of which there were many, to the dry cleaner. But even after having them cleaned, she thought they still smelled of cat, and that was terrible.

Nevertheless that day arrived when the cat appeared in the armchair to greet her as if nothing had happened. She beeped Mirkas immediately. Mirkas arrived exactly twenty minutes later, but Nina had spent that time in a deep depression, sitting on the stool in the bathroom.

Without saying a word Mirkas headed for the armchair. But it turned out the two were equally matched—Mirkas seized the cat by the scruff of his neck and the latter clutched at his hand. Nina heard a hollow roar, but it was utterly unclear who had produced it.

"Oh my God!" Nina gasped when she saw Mirkas's slashed hand.

"The balcony!" Mirkas barked, and Nina ran ahead to open the balcony door.

It's no use, Nina thought before she understood Mirkas's intention—he'll come back again. The blood-stained Mirkas held the cat by the scruff of the neck while the cat clawed him with all four of his paws. In horror Nina flattened herself against the door—she couldn't bear the sight of blood. Mirkas croaked out a muffled and menacing curse, swung his arm, and hurled the cat over the railing of the balcony. Nina looked just

не затворила дверцу шкафа, и подлец, конечно, воспользовался ее оплошкой, нагадил в шкафу. Бедной Нине пришлось волочь весь свой немалый гардероб в чистку, но и после чистки ей все чудился кошачий запах, и это было ужасно.

Но все-таки настал день, когда кот как ни в чем не бывало встретил ее в кресле. Она сразу же позвонила Миркасу. Миркас приехал ровно через двадцать минут, и все это время глубоко подавленная Нина просидела в ванной на табуретке.

Ни слова не говоря, Миркас направился к креслу. Но эти ребята оказались равными противниками: Миркас схватил кота за шкирку, а тот вцепился ему в руку. Раздался утробный рык, и совершенно непонятно было, кто его издал.

– О господи! – ахнула Нина, увидев располосованную руку.

– Балкон! – рявкнул Миркас, и Нина, забежав вперед, открыла балконную дверь.

И что толку, успела подумать Нина, не поняв намерений Миркаса, все равно опять придет. Окровавленный Миркас держал кота за шкирку, а кот драл его всеми четырьмя лапами. Нина в ужасе прижалась к двери – крови она не выносила. Прохрипев тихое зловещее ругательство, Миркас размахнулся и швырнул кота через балюстраду балкона. Нина отчетливо уловила мгновение, когда

after the cat had been hurled—as he flew upward, spreading his front paws in flight with his head bent down, and then, as if frozen in position like an astronaut in outer space, he passed out of view. Immediately from below there was a sound like water splashing in a basin. But in the darkness of the yard nothing could be seen.

As a traumatized Nina washed Mirkas's wounds, he just shook his head. "What a beast . . . They should shoot those . . ."

Mirkas looked like he'd just murdered an old woman with an ax.

Nina slept through the night like a log. For the first time in quite a while she had a good night's sleep. However, when she was about to leave the house, she suddenly thought in horror that the dead cat might be lying under her balcony—how could she ever walk by . . . Although, it's a well-known fact that cats can maintain their balance in the air, spin their tail like a propeller, and land on all fours.

But there was no dead cat near the building—there was no one at all. Nina walked out from her street, Chisty Lane, and headed toward Zubovsky Square . . .

The cat had disappeared for a while, or forever. But Nina's mood only got worse. Mirkas had probably killed him, but even though the cat was a real son of a bitch, Nina didn't want him dead. She only wanted him to disappear. And now after all the horrors, it seemed that relief was setting in, but every time Nina returned home

кот после броска взлетел немного вверх, расправляя на ходу передние лапы и пригнув голову, потом как будто замер в позе космонавта в открытом космосе – и исчез из виду. И сразу же внизу раздался звук, как будто выплеснули таз воды. В темноте двора ничего видно не было.

Пока травмированная Нина промывала Миркасу рваные раны, тот только покачивал головой:

– Ну, зверюга...[7] Таких отстреливать надо...

Вид у Миркаса был такой, будто он только что старушку топором зарубил.

Нина проспала всю ночь как убитая. Выспалась впервые за долгое время. Однако уже перед самым выходом из дому вдруг ужаснулась: а если мертвый кот лежит под ее балконом, как же она мимо пройдет... Хотя про кошек известно, что они умеют на лету равновесие держать, крутят хвостом как пропеллером и на все четыре лапы приземляются...

Но возле дома никакого мертвого кота не было, и вообще никого не было. Нина вышла из своего Чистого переулка и пошла в сторону Зубовской площади...

Кот, на время или навсегда, исчез. Настроение же у Нины делалось все хуже. Вероятно, Миркас его все-таки убил, и хотя кот был, конечно, большой подлец, но смерти ему Нина не желала. Хотела только, чтобы он исчез. Но теперь, после всего этого кошмара, казалось, наступило облегчение, а Нина,

from work, she half-expected the cursed beast to be sitting in her armchair . . .

Meanwhile the first anniversary of Seryozha's death was approaching. She was expected to invite thirty people over and to receive them not any old way but in the proper fashion. Mirkas also remembered the anniversary. That entire week he was ornery; his hands were covered in sores and he had to have shots of antibiotics. Nevertheless, when he passed by Nina's desk, he placed an envelope in front of her.

"Are you inviting people to a restaurant or doing something at home?"

Nina's pride suffered terribly—if Seryozha were alive, she would never have been humiliated like this. But she recovered from the attack of senseless pride, moved her gorgeous hair from her face, and said: "Thank you, Tolya."

She bought pork, eels, and a pound of caviar.

Early the next morning Tomochka went to church to request a service for the dead. Nina didn't go to the church—when Seryozha was alive, he couldn't stand it. She went to the cemetery. She took flowers. The tombstone was already there—a large grayish-black stone, rough and simple. Nina had made the arrangements for it back in early spring.

In the evening things turned out better than expected—the food was plentiful and beautifully arranged, just the way Seryozha liked it. All the people

приходя с работы, как будто немного ждала, что эта поганая скотина сидит в ее кресле...

Тем временем приближалась годовщина Сережиной смерти. Принять надо было человек тридцать, и не как-нибудь, а по-хорошему. Миркас тоже про годовщину помнил. Всю неделю он ходил злой как черт, рука у него нарывала, кололи антибиотики, однако, проходя мимо Нининого стола, положил перед ней конверт:

– В ресторан зовешь или дома устраиваешь?

Гордость Нинина страдала ужасно – при Сереже ее так не унизили бы... Но опомнилась от приступа несуразной гордости, отвела свои бесподобные волосы с лица:

– Спасибо, Толя.

И купила еще поросенка, и угрей, и полкило икры...

Рано утром Томочка отправилась в церковь, заказала панихиду. Нина в церковь не пошла – Сережа всего этого при жизни терпеть не мог. Она поехала на кладбище. Повезла цветы. Памятник уже стоял, еще ранней весной Нина все устроила: большой черно-серый камень, грубый и простой...

Вечером все получилось как нельзя лучше – столы богатые и красивые, как Сергей любил. Пришли все,

Nina wanted to see came: Seryozha's friends, his cousin with his family, and her unmarried sister-in-law, who was not terribly fond of Nina. Mirkas came with his obedient wife, Vika, and not with one of those new girls, of which there were so many of late, and Nina was happy about that. Even the lawyer Mikhail Abramovich came, the one who defended Seryozha in the old days, when he was in big trouble. Since then the lawyer had become very famous. He often appeared on TV, but he didn't forget Seryozha's anniversary . . . Everyone said kind words about Seryozha, some of which were even true: about his strength of character, his bravery, courage, and talent. His sister, Valentina, however, managed to get in that Nina hadn't given him any children. But Nina didn't so much as bat an eye—she had already mourned that part of her life. And she had forgiven him for making her head over heels in love with him . . . while her mother never forgave him. But why remember that when you're thirty-nine years old . . .

The guests left late carrying away in their stomachs Nina's incredibly delicious food and leaving behind the smell of expensive cigarettes and a table covered with remnants of its festive beauty. Nina sent Tomochka home—she got tipsy as a schoolgirl and kept trying to say something personal, something special, about God, which made everyone feel awkward. When Nina was

кого Нина хотела видеть: Сережины друзья, и его двоюродный брат с семьей, и одинокая золовка, которая Нину недолюбливала, и Миркас пришел со своей старой женой, неизбалованной Викой, а вовсе не с теми новенькими, которых у него столько развелось в последнее время, и Нина была этому рада. Пришел даже адвокат Михаил Абрамович, который защищал Сережу в давние времена, когда случились с ним большие неприятности. Адвокат с тех пор стал очень знаменитым, по телевизору постоянно выступал, а про годовщину не забыл... Все говорили про Сережу хорошие слова, отчасти даже и правдивые: о силе его характера, о смелости и мужестве, о таланте. Правда, сестра его Валентина ухитрилась как-то вставить, что Нина детей ему не родила. Но Нина и бровью не повела – это место в своей жизни она давно уже оплакала. И ему простила, что заставил ее, дуру, без памяти влюбленную... Вот мама никогда не простила. Да и что теперь об этом вспоминать, в тридцать девять-то лет...

Гости ушли поздно, унося в животах неслыханное Нинино угощение и оставив после себя не до конца утративший парадную красоту стол и запах дорогих сигарет. Нина отправила Томочку домой: она захмелела как школьница и все норовила высказать что-то свое особое, про Бога, отчего всем становилось неловко. Оставшись одна, Нина все

finally alone, she put everything away without any rush, in her usual way, talking in her mind with Seryozha . . . And he, in his usual way, just like when he was alive, didn't say a thing.

At around four in the morning she got into her clean, cold bed covered in checkered blue and green sheets that she'd bought in Berlin, where she and Seryozha went on their last trip together, three years ago. And even though she didn't take any pills, she fell asleep as soon as she warmed up, her eyeballs wandering under her dark lids, and in the morning, when the first wind began to awaken and rustle the branches of the large willow tree that touched the balcony railing, she started dreaming the most amazing dream in her life. She was standing on the top floor of a large country house, which was still under construction, because from above one could see the rooms of the lower floors, some beams, a staircase—all arranged in several not clearly defined levels. And suddenly she heard singing. A female voice was singing an ancient Georgian song. It was Grandma, Nina surmised, and she immediately appeared before her. She was sitting on a small stool, from which hung the tassel of a cushion. A black cap was pulled down onto her forehead, and the dark veil fell along her pale face. She was singing but her mouth was closed, her lips motionless, and Nina again quickly realized that this was another kind of singing, produced not by the vocal cords

убрала не торопясь, привычным образом разговаривая про себя с Сережей... Но он, привычным же образом, как и при жизни бывало, ничего не отвечал.

Легла она около четырех в чистую холодную постель, в клетчатое сине-зеленое белье, купленное в Берлине, куда они ездили с Сережей три года тому назад, в последнюю их совместную поездку. И хотя на этот раз она не приняла никаких таблеток, сразу же, как только согрелась, уснула и спала глубоко, гуляя глазными яблоками под темными веками, а под утро, когда начали оживать и тихонько шуметь от первого ветра ветви большой липы, прикасающиеся к перилам балкона, ей приснился сон, самый удивительный сон в ее жизни. Она стояла на верхнем этаже по-дачному большого дома, который был еще недостроен, потому что сверху были видны помещения нижнего этажа, какие-то балки, лестницы, и все это в несколько уровней, не совсем точно обозначенных, и вдруг она услышала пение. Женский голос пел старинную грузинскую песню. Бабушка, догадалась Нина и сразу же увидела ее. Она сидела на маленькой табуретке, с которой свисала коричневая кисть положенной на нее подушки. Черная шапочка была надвинута на лоб, а темная ткань падала вдоль светлого лица. Она пела, но рот ее был сомкнут, губы неподвижны, и Нина опять очень легко догадалась, что это иное пение, не

but by another organ that had nothing to do with the throat but without which any singing would be impossible. And as soon as she guessed from what point of the solar plexus the singing was coming, she heard the song split into two voices—one low, Grandma's alto, and the second one, the soprano, hers, her lost soprano voice, her irretrievable happiness. But now it sounded even better, purer and smoother than it had before, when she was still studying at the conservatory. And the sound of her recovered and renewed voice had a different quality because it had the power to attract, like a magnet attracts iron, and the luminous unfinished house began suddenly to fill with people, among whom there were no strangers, even though Nina didn't know all of them by name. They were the grayish-brown shadows, but because of the sound of this unknown singing, they had become light and well-defined as though on photographic paper, and among them she made out first her mother and then Seryozha too.

Nina walked down the staircase toward them at precisely the moment they recognized each other in the crowd and embraced as if one had been waiting for the other on the platform and the train finally arrived. Her mother, thin, very young, and still locked in Seryozha's broad embrace, suddenly caught sight of her, started laughing, and shouted, "Niniko!"

But her mother's voice wasn't completely separate; it was also part of this Georgian song, even though the

голосовыми связками образуемое, а другим органом, к горлу не имеющим отношения, но без которого вообще никакое пение невозможно. И как только она догадалась, из какой точки солнечного сплетения исходит пение, она услышала, что песня разделилась на два голоса: низкий, бабушкин альт, и второй, сопрано, ее потерянное сопрано, невозвратимое счастье, но даже еще лучше, чище и шелковистей, чем было у нее, когда еще она училась в консерватории. И звук возвращенного и обновленного голоса имел какую-то иную природу, потому что он притягивал к себе, как магнит притягивает железо, и светлый недостроенный дом стал вдруг заполняться людьми, среди которых не было незнакомых, хотя по имени Нина знала не всех. Это были они, серо-коричневые тени, но от звуков этого неведомого пения они осветлели и проявились, как на фотобумаге, и вот среди них она различила сначала маму, а потом и Сережу.

Нина спустилась к ним по лестнице в тот момент, когда они узнали друг друга в толпе и обнялись, как будто один ждал другого на перроне и поезд наконец пришел. Мама, худая, очень молодая, еще укрытая Сережиным широким объятием, вдруг увидела ее, засмеялась и закричала: Нинико!

Но мамин голос был не сам по себе, он тоже был частью этой грузинской песни, хотя песня уже

song had stopped being in Georgian, and its words, while perfectly understandable, were in a different language.

Seryozha embraced Nina's shoulders, and the smell of his skin and his hair burned her, and she saw that his nostrils were strained too, and that he had lowered his head to her hair.

Then someone kicked her lightly behind the knee and she looked back and saw a huge cat, who was rubbing against her legs, demanding caresses. It was him, the thrice-cursed cat, who made her blood boil. Seryozha bent down and stroked his asphalt-colored back. Mother, in a gesture of familial affection, straightened out the lapel of Seryozha's jacket . . . But there was something else—somewhere, from the side, walking hand in hand toward her, were her two friends—Tomochka and Susanna Borisovna. And they had such lovely faces that Nina burst out laughing and then realized: they had both behaved like terrible idiots, but that was only temporary . . .

перестала быть грузинской и слова ее, при полной их понятности, были на другом языке.

Сережа обхватил Нину за плечо, и запах его кожи, его волос обжег ее, и она видела, что и его ноздри напряглись и он опустил голову к ее волосам.

Кто-то легко пнул ее под колено, и она, оглянувшись, увидела огромного кота, который терся о ее ноги, требуя ласки. Это был он, треклятый кот, который попортил ей столько крови. Сергей нагнулся и погладил его по асфальтовой спине. Мама жестом родственной приязни поправила на Сереже загнувшийся борт пиджака... Но этого было мало: откуда-то сбоку, взявшись под руку, шли ей навстречу две ее подруги – Томочка и Сусанна Борисовна. И у них были такие прекрасные лица, что Нина, смеясь, поняла: прежде-то они обе были ужасные идиотки, но это было только временно...

The Arm

Рука

Ludmilla Petrushevskaya

Translated by Keith Gessen and Anna Summers

During the war, a colonel received a letter from his wife. She misses him very much, it said, and won't he come visit because she's worried she'll die without having seen him. The colonel applied for leave right away, and as it happened that just a few days earlier he'd been awarded a medal, he was granted three days. He got a plane home, but just an hour before his arrival his wife died. He wept, buried his wife, and got on a train back to his base—and then suddenly discovered he had lost his Party card. He dug through all his things, returned to the train station— all this with great difficulty—but couldn't find it. Finally he just went home. There he fell asleep and dreamed that he saw his wife, who said that his Party card was in her coffin—it had fallen out when the colonel bent over to kiss her during the funeral. In his dream his wife also told the colonel not to lift the veil from her face.

The colonel did as he was told: he dug up the coffin, opened it, and found his Party card inside. But then he couldn't resist: he lifted the covering from his wife's face. She lay there as if still alive, but there was a little worm on her left cheek. The colonel wiped away the worm with his hand, covered up his wife's face, and reburied the coffin.

Now he had very little time, and he went directly to the airfield. The plane he needed wasn't there, but then a

Одному полковнику во время войны жена прислала письмо, что очень тоскует и просит его приехать, потому что боится, что умрет, не повидав его. Полковник стал хлопотать об отпуске, как раз перед этим он получил орден, и его отпустили на три дня. Он прилетел на самолете, но за час до его прилета жена умерла. Он поплакал, похоронил жену и поехал на поезде назад, как вдруг обнаружил, что потерял партийный билет. Он обшарил все вещи, вернулся на тот вокзал, откуда уехал, все с большими трудностями, но ничего не нашел и наконец возвратился домой. Там он заснул, и ночью ему явилась жена, которая сказала, что партбилет лежит у нее в гробу с левой стороны, он выпал, когда полковник целовал жену. Жена также сказала полковнику, чтобы он не поднимал с ее лица покрова.

Полковник так и сделал, как говорила ему жена: откопал гроб, открыл его, нашел у плеча жены свой партбилет,[1] но не удержался и поднял с лица жены платок. Жена лежала как живая, только на левой щеке у нее был червячок. Полковник смахнул червячка рукой, закрыл лицо жены покрывалом, и гроб снова закопали.

Теперь уже времени у него было совсем мало, и он поехал на аэродром. Нужного самолета не оказалось,

pilot in a charred jacket pulled him aside and said he was
flying to the same place as the colonel and could drop
him off. The colonel was surprised that the pilot knew
where he was going, but then he saw it was the same pilot
who had flown him home.

"Are you all right?" asked the colonel.

"I had a little crash on the way back," said the pilot,
"but it's all right. I'll drop you off, it's on the way."

They flew at night. The colonel sat on a metal bench
running the length of the plane. In truth he was
surprised the plane could fly at all. It was in terrible
shape: clumps of material hung everywhere, some kind of
charred stump kept rolling into the colonel's feet, and
there was a strong odor of burned flesh. They soon
landed, and the colonel asked the pilot if he was sure this
was the right place. The pilot said he was absolutely sure.

"Why is your plane in such poor shape?" the colonel
demanded, and the pilot explained that his navigator
usually cleaned up, but he'd just been killed. And right
away he started lugging the charred stump off the plane,
saying, "There he is, my navigator."

The plane stood in a field, and all through this field
wandered wounded men. There was forest in every
direction, a campfire burned in the distance, and among
the burned-out cars and artillery, people were lying and
sitting, others were standing, and others were milling
about.

но вдруг его отозвал в сторону какой-то летчик в обгоревшем комбинезоне и сказал, что летит как раз в те края, куда нужно полковнику, и подбросит его. Полковник удивился, откуда летчик знает, куда ему нужно, и вдруг увидел, что это тот самый летчик, который вез его домой.

– Что с вами? – спросил полковник.

– Да я маленько разбился, – ответил летчик. – Как раз на обратной дороге. Но ничего. Я вас подброшу, я знаю, куда вам надо, мне это по пути.

Они летели ночью, полковник сидел на железной лавке, идущей вдоль самолета, и удивлялся, как это самолет вообще летит. Внутри самолет был сильно покорежен, везде висели клочья, под ногами катался какой-то обгорелый чурбан, сильно пахло горелым мясом. Они прилетели очень быстро, полковник еще переспросил, туда ли они прилетели, а летчик сказал, что точно туда. «Что это у вас самолет в каком виде?» – сделал замечание полковник, а летчик ответил, что всегда убирал штурман, а он только что сгорел. И он стал вытаскивать из самолета обгорелый чурбан со словами «вот мой штурман».

Самолет стоял на поляне, а вокруг бродили раненые. Со всех сторон был лес, вдали горел костер, среди разбитых машин и пушек лежали и сидели люди, кто стоял, а кто ходил среди других.

– Ты куда меня привез, сволочь? – закричал полковник. – Разве это мой аэродром?

"Damn it!" the colonel yelled. "Where have you brought me? This isn't my base!"

"This is your base now," said the pilot. "I've brought you back to where I picked you up."

The colonel understood that his division had been surrounded and destroyed, everyone killed or wounded, and he cursed everything on earth, including the pilot, who was still messing with his charred stump, which he insisted on calling his navigator, and pleading with it to get up and go.

"Let's start evacuating everyone," ordered the colonel. "We'll begin with the military files, then the coats of arms and the heavily wounded."

"This plane won't fly anymore," the pilot noted.

The colonel drew his pistol and promised to shoot the pilot then and there for disobeying an order. But the pilot ignored him and went on trying to stand the stump on the ground, first one way, then another, saying over and over, "Come on, let's go."

The colonel fired his pistol, but he must have missed because the pilot kept mumbling, "Come on, come on," to his navigator, and in the meantime the roar of vehicles could be heard, and suddenly the field was filled with a mechanized column of German infantry.

The colonel took cover in the grass as the trucks kept coming and coming, but there was neither shooting nor shouting of orders, nor did the motors stop running. Ten minutes later the column was gone, and the colonel raised his head—the pilot was still fussing with his

– Это теперь ваша часть, – ответил летчик. – Откуда я вас взял, туда и доставил.

Полковник понял, что его полк находится в окружении, разбит наголову, и проклял все на свете, в том числе и своего летчика, который все возился с чурбаном, которого он называл штурманом и упрашивал встать и пойти.

– Ну что же, начнем эвакуацию, – сказал полковник, – сначала штабные бумаги, полковое знамя и особо тяжело раненных.

– Самолет больше никуда не полетит, – заметил летчик.

Полковник выхватил пистолет и сказал, что расстреляет на месте летчика за невыполнение приказа. Но летчик насвистывал и все ставил чурбан то одной, то другой стороной на землю со словами «ну давай, пойдем».

Полковник выстрелил, но, как видно, не попал, потому что летчик все продолжал бормотать свое «пошли, пошли», а тем временем раздался гул машин, и на поляну выехала колонна немецких грузовиков с солдатами.

Полковник спрятался в траву за какой-то холмик, машины шли и шли, но никаких ни выстрелов, ни команд, ни остановки моторов не последовало. Через десять минут машины прошли, полковник поднял голову – летчик все так же возился с обгорелым чурбаном, вдали у костра сидели, лежали и

charred stump, and over by the fire people were still lying down, sitting, walking around. The colonel stood and approached the fire. He didn't recognize anyone—this wasn't his division at all. There was infantry here, and artillery, and God knows what else, all in torn uniforms, with open wounds on their arms, legs, stomachs. Only their faces were clean. They talked quietly among themselves. Next to the fire, her back to the colonel, sat a woman in civilian dress with a kerchief on her head.

"Who's the senior officer here?" demanded the colonel. "I need an immediate report on the situation."

No one moved, and no one paid any attention to the colonel when he started shooting, although when the pilot finally managed to roll his charred stump over to them, everyone helped him throw his navigator on the flames and thereby put out the fire. It became completely dark.

The colonel was shivering from the cold and began cursing again: now it would be impossible to get warm, he said—you can't light a fire with a log like that.

And without turning around, the woman by the fire said: "Oh, why did you look at my face, why did you lift my veil? Now your arm is going to wither."

It was the voice of the colonel's wife.

The colonel lost consciousness, and when next he woke up he was in a hospital. He was told that they'd found him in the cemetery, next to his wife's grave, and that the arm on which he'd been lying was seriously injured, and now might have to be removed.

прохаживались люди. Полковник встал и пошел к костру. Он никого не узнавал вокруг, это был совсем не его полк, здесь находилась и пехота, и артиллеристы, и Бог знает еще кто, все в порванном обмундировании, с открытыми ранениями рук, ног, живота, только лица у всех были чистые. Люди негромко переговаривались. У самого костра сидела спиной к полковнику женщина в темном гражданском костюме и в платке на голове.

– Кто здесь старший по званию, доложите обстановку, – сказал полковник.

Никто не пошевелился, никто не обратил внимания на то, что полковник начал стрелять, зато когда летчик прикатил к костру горелый чурбан, все помогли взвалить этого «штурмана», как его называл летчик, на костер и тем самым сбили пламя. Стало совсем темно.

Полковник весь дрожал от холода и стал ругаться, что теперь совсем не согреешься, от такого чурбана огонь не разгорится.

И тут женщина, не поворачиваясь, сказала:

– Зачем же ты посмотрел на меня, зачем поднял покрывало, теперь у тебя отсохнет рука.

Это был голос жены.

Полковник потерял сознание, а когда очнулся, то увидел, что находится в госпитале. Ему рассказали, что нашли его на кладбище, у могилы жены, и что рука, на которой он лежал, сильно повреждена и теперь, возможно, отсохнет.

The Swim

Заплыв

Vladimir Sorokin

Translated by Brian James Baer

"Quotation number twenty-six, at my command!" The diminutive marshal of the River Agitation Corps hoarsely inhaled the night air, then yelled out: "Light the torches!"

A long column, consisting of muscular naked bodies lined up along the embankment of the City, swayed, then came to life with a barely perceptible movement—a thousand hands darted to a thousand shaved temples, snatched a thousand matches from behind a thousand ears, and struck the matches against a thousand bare thighs.

Tiny flames leapt upward all at once, and a moment later the marshal was convulsively squinting his eyes, which had grown accustomed to the darkness. The torches flared up and tongues of flame flung themselves toward the deep purple sky.

The marshal meticulously groped the rows of naked people with his eyes and once again opened his mouth: "Staying in formation and maintaining your distance, en-*ter* the water!"

The column, which was assembled in a particular order, moved and, marching silently in bare feet, began to glide swiftly down the granite steps of the embankment toward the black, still water of the River. The water parted, allowing the entire regiment in. The soldiers carefully lowered themselves into the icy September

– Цитата номер двадцать шесть, слушай мою команду! – Низкорослый маршал войск речной агитации сипло втянул в себя ночной воздух и прокричал: – Зажечь факела!

Длинная колонна, выстроенная на набережной Города из мускулистых голых людей, качнулась, ожила еле заметным движением: тысяча рук метнулась к тысяче бритых висков, выхватила из-за ушей тысячу спичек и чиркнула ими по тысяче голых бедер.

Крохотные огоньки одновременно подскочили кверху, и через мгновение маршал судорожно сощурил привыкшие к темноте глаза: факелы вспыхнули, языки пламени метнулись к тёмно-фиолетовому небу.

Маршал придирчиво ощупал глазами ряды голых тел и снова открыл рот:

– Не меняя построения, соблюдая дистанцию, в воду вой-ти!

Построенная особым порядком колонна тронулась и, неслышно ступая босыми ногами, стала быстро сползать по гранитным ступеням набережной к чёрной неподвижной воде Реки. Вода расступилась и впустила в себя весь полк. Солдаты осторожно погружались в студеную сентябрьскую воду,

water, pushed off from the stone bottom, and swam in the same formation, holding the brightly burning torches above their shaved heads. A moment later the column had swum out into the middle of the river where the fast-moving current caught it and carried it downstream.

The most onerous condition of these agitational swims for Ivan was the prohibition against switching hands.

He could swim in the icy water for a long time, but holding a thirteen-pound torch with a fully extended arm for five endless hours was truly difficult. And no matter how he prepared for these swims, no matter what kind of training he subjected his right arm to, all the same, by dawn his arm would be seized by a slight trembling, and he would be powerless to curb the cursed tremor. Injections, liniments, and electromagnetic therapy were of no help.

Nevertheless, Ivan was considered the finest swimmer in the regiment, and for six years now he had been entrusted with the most responsible positions in the quotations.

Today he was swimming as a comma, the only one in the long quotation, of the highest difficulty rating, from the Book of Equality:

ONE OF THE MOST IMPORTANT ISSUES IN MODERN
SPECIAL PURPOSE BOROUGH CONSTRUCTION
WAS, IS AND WILL BE THE ISSUE OF THE TIMELY
INTENSIFICATION OF CONTRAST

отталкивались от каменистого дна и плыли в том же порядке, держа над бритыми головами ярко горящие факелы. Через минуту колонна выплыла на середину Реки, где быстрое течение подхватило её и понесло.

Самым тяжёлым условием в агитационных заплывах для Ивана был запрет перемены рук.

Плыть в ледяной воде он мог долго, но пять бесконечных часов держать в предельно вытя-нутой руке шестикилограммовый факел было по-настоящему тяжело. И как он ни готовился к заплыву, какими тренажёрами ни изнурял свою правую руку – все равно к рассвету ее сводило мелкой дрожью, и не было силы, способной обуздать эту проклятую дрожь. Инъекции, втирания, электромагнитная терапия не помогали.

Тем не менее Иван считался лучшим пловцом в своем полку, и ему вот уже шесть лет доверяли самые ответственные места в цитатах.

И сегодня он плыл запятой – единственной запятой в длинной, первой степени сложности цитате из Книги Равенства:

ОДНИМ ИЗ ВАЖНЕЙШИХ ВОПРОСОВ
СОВРЕМЕННОГО ЦЕЛЕВОГО СТРОИТЕЛЬСТВА
БОРО ЯВЛЯЛСЯ, ЯВЛЯЕТСЯ И БУДЕТ ЯВЛЯТЬСЯ
ВОПРОС СВОЕВРЕМЕННОГО УСИЛЕНИЯ
КОНТРАСТА

There was no period at the end of the quotation, and so the only punctuation mark was the comma born of the flame of Ivan's cone-shaped, thirteen-pound torch.

Synchronized swimming came easily to Ivan. He had grown up by the sea and long felt at home in the water. After four years of MAAT (Military Aquatic Agitation Training), he simply couldn't imagine his life without those long nights that smelled of the River; without the dark water that broke up the flashes of flame; without the leaden pain that would gradually take over his arm holding the torch; and without the predawn breakfast in the spotless regimental cafeteria.

Service, like the River, carried Ivan along swiftly and smoothly. At first, as a rookie, he was placed in the middle of large, solid letters, like *M*, *W*, and *H*. Later, when they were convinced of the accuracy of his swimming, Ivan was gradually moved to the edges. Two years later he was already swimming as the left leg of the letter *A* or, together with the pockmarked Tatar Eldar, as the tail of the letter *Q*.

A year later Ivan was assigned to swim in dashes and exclamation marks, and after receiving the honorary tattoo "Swimmer Agitator of the First Class," he was entrusted with commas.

After seven years of service, Ivan had earned the rank of corporal, the State Swimming Medal, a great deal of verbal praise in front of the regiment, as well as a certificate of merit "For Exemplary Service in the Aquatic

Точка в конце цитаты не ставилась, поэтому единственным знаком препинания была запятая, рождаемая пламенем шестикилограммовото конусообразного факела Ивана.

Синхронное плавание давалось Ивану легко – он, с детства выросший на море, давно признал в воде вторую стихию, а после четырех лет ВВАП (военно-водно-агитационной подготовки)[1] вообще не представлял свою жизнь без этих долгих, пропахших рекой ночей, без черной, дробящей всполохи пламени воды, без свинцовой боли, постепенно охватывающей руку с факелом, без предрассветного завтрака в чистой полковой столовой.

Служба, словно Река, быстро и плавно несла Ивана: поначалу его как новичка ставили в середины больших прочных букв Ж, Ш и Щ, потом, убедившись в точности его плавания, стали постепенно смещать к краям. Так после двух лет он уже плавал левой ножкой Д или вместе с рябым татарином Эльдаром составлял хвостик у Щ.

Ещё через год Ивану поручили плавание в тире и восклицательных знаках, а после нанесения почетной татуировки «пловец-агитатор высшей категории» – доверили запятые.

За семь лет службы Иван имел звание младшего сержанта, педаль «Государственный пловец», множество устных похвал перед строем и почетную грамоту «За образцовую службу при водном

Transport of Chapter VI of the Book *New People* by Adelaide Svet." (The chapter was transported over the course of four months, and every night Ivan swam as a comma.)

He took more air into his lungs and slowly exhaled into the water, which smelled of silt. The torch tilted, but his fingers instinctively clenched the metal handle, straightening it.

His body had already warmed up, his teeth had stopped chattering, and his legs were cutting through the water with obedient kicks. Up ahead, the two shaved heads of the left foot of the letter *I* gleamed white, and beyond them the fiery mass of the column's torches quivered and undulated.

Ivan knew exactly where his place was—six meters from the left-most head; and he was swimming at a calm, measured pace, controlling his breath. He mustn't stray either to the left or to the right; he could not lag behind, neither could he rush ahead or the comma would attach itself to the *I*.

His torch was burning brightly, and the flame frequently leaned to the side, reaching down toward the turbidly moving water. The flame would dance just above the water's surface and then straighten up again.

During these swims Ivan liked to look at the stars. At the moment they were hanging especially low, shining cold and prickly.

He turned onto his back, felt the water burn the

транспортировании VI-й главы книги Аделаиды Свет «Новые люди»» (главу транспортировали в течение четырех месяцев, и каждую ночь Иван плавал запятой).

Он набрал в легкие побольше воздуха и медленно выпустил его з пахнущую илом воду. Факел наклонился, но пальцы привычно выпрямили его, крепче сжав металлический корпус.

Тело уже успело согреться, дрожь оставила подбородок, ноги послушными рывками стригли воду. Впереди велели десять бритых голов вертикальной ножки Я, а за ними дрожала, зыбилась огненная масса факелов колонны.

Иван точно знал свое место – шесть метров от левой крайней головы – и плыл со спокойной размеренностью, сдерживая дыхание. Нельзя отклоняться ни влево, ни вправо, нельзя торопиться, но и нельзя отставать, иначе запятая приклеится к другому Я.

Факел горел ярко, пламя часто срывалось вбок, тянулось к тяжело шевеляшейся воде, плясало над ее поверхностью и снова выравнивалось.

Во время заплывов Иван любил смотреть на звезды. Сейчас они висели особенно низко, сверкая холодно и колюче.

Он перевернулся на спину, почувствовал, как вола

shaved nape of his neck, and smiled. The stars were standing in place, motionless.

He knew that it was dangerous to look at the stars for too long—he might not notice the belly of the *S* drifting toward him, and the shaved heads would bump with horror into the lagging comma. Ivan looked back. Behind him, swimming in the crescent moons of the *S*, were his comrades Murtazov, Kholmogrov, Petrov, Doronin, Sheinblant, Popovich, Kim, Borisov, and Gerasimenko. Their faces were calm and focused. Ivan understood that with his comma he was dividing this long but very important sentence in two, and that without his torch the sentence would lose its great meaning. Pride and a sense of responsibility had always helped him fight off the cold. Once again he easily defeated it, and the autumn water now seemed warm.

He looked once more at the stars. Most of all he liked the constellation that resembled the ladle used by the regiment's cook to pour tasty turnip soup or to plop some thick barley porridge with margarine into the soldiers' bowls. And although he'd known since childhood that the constellation was called the Seventh Path and that the prickly star at its end bore the name of the Great Reformer of Human Nature Andrei Kapidich, it wasn't the golden obelisks of the Temple of Overcoming that rose up in Ivan's memory, nor the twisted horns of Kapidich, but rather the image of a large, shiny ladle.

He turned and began to swim on his right side. He

обожгла бритый затылок, и улыбнулся. Звезды неподвижно стояли на месте.

Ок знал, что опасно долго смотреть на них – можно не заметить, как сзади наплывет косая ножка Я, а бритые головы с ужасом наткнутся ка отставшую запятую. Иван оглянулся. За ним в «косухе» и «полумесяце» плыли его товарищи: Муртазов, Холмогоров, Петров, Доронин, Шейнблат, Попович, Ким, Борисов и Герасименко. Лица их были спокойны и сосредоточены. Иван понимал, что своей запятой делит это длинное, но очень нужное людям предложение пополам и что без его факела оно потеряет свой великий смысл. Гордость и ответственность всегда помогали ему бороться с холодом. Сейчас он также легко победил его, и осенняя вода казалась теплой.

Он снова посмотрел на звезды. Больше всего он любил созвездие, напоминающее ковш, которым полковой повар льет в солдатские миски вкусный суп из турнепса и плюхает наваристую перловую кашу с маргарином. И хотя он с детства знал, что созвездие носит имя Седьмого Пути, а эта колючая звезда на конце – Великого Преобразователя Человеческой Природы Андреаса Капидича, в памяти Ивана оживали не золотые обелиски Храма Преодоления, не витые рога Капидича, а вместительный, сияющий ковш.

Он перевернулся и поплыл на правом боку. Уже

could already feel a slight fatigue in his right arm. And it was no wonder—the tin handle of his torch had been filled with six liters of fuel. Few individuals were capable of swimming five hours in cold water while carrying a torch above their head. Ivan had understood this from the very beginning of his service in MAAT. After seven years his right arm had become almost twice the size of his left, as was the case with all the soldiers in the regiment. As his muscles expanded, his tendons bulged, and his skin turned a purple hue, inside Ivan there grew a proud self-confidence, and the feeling of superiority over his fellow citizens who did not have such a right arm intensified. From early spring until late fall he would wear short-sleeved shirts, showing off his powerful arm. This felt very good.

Soon the monolithic granite embankments narrowed, the First Bridge sailed by above the quotation, and the faint whisper of unseen onlookers could be heard. After the bridge the embankments soared upward and began gradually to crawl over the strip of river.

Ivan gripped his torch more firmly and raised it higher. One thousand and eighteen times he had swum through this place, through this awe-inspiring and solemn orifice, but every time he was overcome by a tremor of excitement for beyond the bridge lay the City, where the River became the Canal of Renewed Flesh, which intersected the City, and there on the embankments of the canal, like thousands upon

сейчас в правой руке почувствовалась легкая усталость. И не мудрено – в жестяной корпус факела залито шесть литров горючей смеси. Далеко не каждый человек способен проплыть пять часов в холодной воде, держа факел над головой. Иван понимал это с самого начала службы в ВВА. За семь лет его правая рука стала почти вдвое толще левой, как и у всех солдат полка. По мере того как раздувались ее мышцы, наливались связки и лиловела кожа, в Иване росла гордая уверенность в себе и крепло чувство превосходства над гражданскими, у которых нет таких правых рук. С ранней весны и до поздней осени он носил рубашки с короткими рукавами, выставляя напоказ свою мощную руку. Это было очень приятно.

Вскоре монолиты гранитных набережных сузились, над цитатой проплыл Первый Мост и по-слышался слабый шепот невидимых зрителей. После моста набережные взметнулись вверх и стали постепенно наползать на полосу реки.

Иван сильнее сжал факел и выше поднял его. Он тысячу восемнадцать раз проплывал это место, эту грозную и торжественную горловину, но каждый раз не мог сдержать восторженной дрожи: за мостом начинался Город, и Река уже становилась Каналом имени Обновленной Плоти, пересекающим Город, Каналом, на набережных которого сегодня, как и

thousands of times before, were gathered the most venerable representatives of the City.

An hour later the whispering grew stronger and now an uninterrupted beelike buzzing hung over the canal. The granite embankments squeezed the River to such an extent that when he was lying on his back, Ivan could see the heads of the City residents looking down. Here below there was no wind at all, the water was like a black mirror, and the flames of the torches calmly cut through the damp air.

His right arm drew attention to itself when a pain in his shoulder began to stir and stretch in a loose spiral toward his fingers, which were now white from the strain. Eventually the pain would reach them, and the tin handle would seem like cardboard, icy, greasy, burning, downy, and rubbery, and then his fingers would be tightly grasping a void, and Ivan would lose his right arm until the very end of the swim. And the end would come as usual, down to the smallest detail: in the dim, predawn air two sleepy instructors would lean over Ivan and unclench his white, cramped fingers, which had no desire to part with the extinguished torch. Ivan would help with his left hand.

He turned and exhaled several times into the water.

The noise above intensified, somewhere an ovation broke out, and the twenty-meter-high granite banks smashed it into a sustained echo.

"Just wait until we reach the Principal Neighborhoods!"

тысячи тысяч раз, собрались достойнейшие представители Города.

Через час нарастающий шепот усилился и повис над Каналом непрерывным пчелиным гулом. Гранитные набережные сдавили Реку настолько, что, лежа на спине, Иван мог видеть головы смотрящих вниз жителей Города. Здесь, внизу, совсем не было ветра, вода лежала чёрным зеркалом, и пламя факелов спокойно разрезало сырой воздух.

Правая рука дала о себе знать: в плече осторожно зашевелилась боль и вялой спиралью потянулась к побелевшим от напряжения пальцам. Постепенно она доберётся до них, и жестяной корпус покажется им картонным, ледяным, жирным, обжигающим, плюшевым, резиновым, а потом пальцы намертво сожмут пустоту и Иван потеряет свою правую руку ло самого конца заплыва. И привычным, до мепочей знаковым окажется этот конец: в тусклом предрассветном воздухе два заспанных инструктора склонятся над Иваном, разжимая его белые, сведенные судорогой пальцы, не желающие расставаться с погасшим факелом. А Иван будет помогать левой рукой...

Он перевернулся и несколько раз выдохнут в воду.

Шум наверху усиливался, кое-где вспыхивала овация, и двадцатиметровые гранитные берега дробили ее многократным эхом.

«То ли будет, когда начнутся Основные

Ivan thought, thrilled as he recalled the thunder of that endless heart-stopping ovation. Workers just don't know how to applaud like that . . .

He looked askance at his arm. Pain had already seized his forearm, and it was now impossible to stop it. True, he still had one final remedy, an illusion of resistance, a naive palliative, which helped for an instant: if he suddenly squeezed his fingers and tensed the muscles of his entire arm, the pain would disappear. For a second.

Ivan clenched his teeth and squeezed the handle of the torch with all his might. A sound could be heard like the cracking of an egg, and something oily flowed down his arm.

Ivan looked and turned deadly pale: a barely noticeable piece of tin along the seam had come undone, and fuel was now leaking from the handle of his torch. He took his left hand out of the water and pressed his palm against the opening; the torch tilted and an orange flash touched Ivan's face. He recoiled, disappeared beneath the water, then resurfaced amid the swirling fire. Greedy yellow flames burst from his body, and around him spread a fiery patch. The swift-moving fire forced Ivan to utter a drawn-out cry. He went under, resurfaced in the middle of the *I*, burst into flames, screamed, and started thrashing his arms against his comrades and against the surface of the water until the moldy granite split open his flaming head.

районы!» – восторженно подумал Иван, вспоминая гром нескончаемой овации, заставляющий замирать сердце. Да, рабочие так хлопать не умеют...

Он покосился на руку. Боль уже овладела предплечьем, и остановить ее было невозможно. Правда, оставалось ещё последнее средство, иллюзия борьбы, наивный паллиатив, помогающий на мгновение: если резко сжать пальцы и напрячь мышцы всей руки – богь испарится. На секунду.

Иван скрипнул зубами и изо всех сил сжал конус факела. Раздался треск, словно раздавили яйцо, и что-то маслянистое потекло по руке.

Иван глянул и помертвел: еле заметная полоска шва разошлась, из корпуса факела текла горюча смесь. Он выхватил левую руку из воды, прижал ладонь к прорехе, факел наклонился, и оранжевая вспышка мягко толкнула Ивана в лицо. Он шарахнулся назад, провалился в воду, вынырнул и всплыл в клубящемся огне. От его тела рвались жадные желтые языки, а вокруг расплывалось горящее пятно. Стремительный жар выдавил из Ивана протяжный крик. Он нырнул, вынырнул в середине Я, вспыхнул снова, закричал и замолотил руками по товарищам и по воде до тех пор, пока заплесневелый гранит не расколол его пылающую голову.

When the comma, squeezed up against the vertical face of the *I*, burst into flames, the onlookers on the embankments realized that this was the Third Hint about which the winged Gorgez had spoken at the last Congress of the Renewed. A powerful ovation hung for quite some time over the canal.

At that moment the comma disappeared, resurfacing and breaking the *I* into yellow pieces. Having destroyed the *I*, the comma found itself in the upper window of the *S*, and that letter too was complaisantly torn apart; the *W* then moved up from behind, but, catching hold of the comma, it caved in and broke apart; the next *I* by some miracle swam through the mass of flames and safely caught up with ONE OF THE MOST IMPORTANT ISSUES OF MODERN BOROUGH CONSTRUCTION WAS.

The ovation continued, and on the black mirror of the River the subsequent events of that fateful night began slowly to unfold.

AND, having edged its way into the thickest patch of fire, began to turn into an accordion, transforming itself into a complex figure, reminiscent of the transom of an unusual window; in an act of self-destruction, BE THE swam over, replenishing the swarm of torches; the more cautious ISSUE tried to avoid the danger zone but was flattened against the granite wall; the long INTENSIFICATION turned out to be more stable than the previous words and to the very last made every effort

Когда стиснутая двумя крутолобыми Я запятая ярко вспыхнула, зрители на набережных поняли, что это и есть тот самый Третий Намек, о котором говорил крылатый Горгэз на последнем съезде Обновленных. Мощная овация надолго повисла над Каналом.

Запятая тем временем исчезла, всплыла и развалила Я на жёлтые точки. Разрушив Я, запятая оказалась в верхнем полукруге В, и буква податливо расползлась; сзади надвинулось Л, но, зацепившись за занятую, прогнулось и распалось; следующее Я каким-то чудом проплыло сквозь рой огней и благополучно двинулось догонять ОДНИМ ИЗ ВАЖНЕЙШИХ ВОПРОСОВ СОВРЕМЕННОГО ЦЕЛЕВОГО СТРОИТЕЛЬСТВА БОРО ЯВЛЯЛСЯ

Овация продолжалась, а на черном зеркале реки неспешно разворачивались дальнейшие события этой роковой ночи.

ЕТСЯ, вклинившись в самую гущу огненных точек, стало складываться гармошкой и превратилось и сложную фигуру, напоминающую переплет необычного окна; саморазрушаясь, наползло И БУДЕТ ЯВЛЯТЬСЯ, пополнив факельный рой; более осторожный ВОПРОС попытался обогнуть опасную зону, но расплющился о гранитную стену; длгнное СВОЕВРЕМЕННОГО оказалось прочнее предыдущих слов и до последнего

to survive, coiling itself up like a caterpillar in an anthill; the remaining letters at the end of the quotation perished one after the other.

During the collapse, a thunderous ovation sounded and never waned. Only when the last word had broken apart did the embankments gradually fall silent. The crowd of nocturnal observers froze, held their breath, and looked down.

There was frenzied activity below: the fires were tossing themselves about, crowding together, trying to re-create the second part of the quotation, but the strips of words immediately broke down into yellow beads. When ONE OF THE MOST IMPORTANT ISSUES IN CONTEMPORARY SPECIAL PURPOSE BOROUGH CONSTRUCTION WAS I swam safely past the Second Bridge, the iron body of which divided the social classes, the Principal masses greeted the fiery words with such a thunderous ovation that the flames in the torches shuddered, threatening to go out.

старалось выжить, извиваясь, словно гусеница в муравейнике; остальные слова конца цитаты погибли одно за другим.

Во время крушения овация гремела не смолкая. И только когда распалось последнее слово, набережные постепенно смолкли. Толпа ночных зрителей оцепенела и, затаив дыхание, смотрела вниз.

Там шло лихорадочное движение: огни метались, роились, пытаясь выстроить вторую часть цитаты, но скелетоподобные полосы слов тут же разваливались на желтый бисер. Когда ОДНИМ ИЗ ВАЖНЕЙШИХ ВОПРОСОВ СОВРЕМЕННОГО ЦЕЛЕВОГО СТРОИТЕЛЬСТВА БОРО ЯВЛЯЛСЯ Я благополучно проплыло Второй Мост, разделяющий своим чугунным телом два сословия, Основные массы встретили огненные слова такой громоподобной овацией, что огни факелов затрепетали, грозя потухнуть.

Three Wars

Три Войны

Alexander Ilichevsky

Translated by Brian James Baer

I

The Afghan War became a reality when Andrey called me over to "look at the zinc coffins." It was a June evening. There were martins flying over the courtyard, chirping as they turned in flight, and children were playing volleyball. There was a group of guys wearing red armbands in front of the entrance to the apartment building. We got in line and walked slowly up the stairs. In the apartment on the third floor, lying across two stools, was a galvanized iron box with a piece of glass in the lid. The women were either holding candles between their fingers or pressing icons against their stomachs, while two elderly women were quietly wailing in lamentation. The soldier's tearless mother was sitting beside the coffin.

In that same year, in the summer camp Landysh,* counselor Kopylov was teaching us about life. He had just returned from Afghanistan in the spring and it was from him that I first heard the word *dukhi*. So I imagined soldiers fighting ghosts.†

Kopylov told us about how he was burned in an

Landysh is the Russian word for lily of the valley.

†*Dukhi* is a slang term used in the Soviet military to describe Afghan, then Chechen, rebels, derived from *dushman*, a word for "enemy" common to all the languages of Afghanistan and its neighbors. The short form, *dukhi*, also means "ghost" or "spirit" in standard Russian.

Афган стал осязаем, когда Андрей позвал меня «смотреть цинковые гробы».[1]

Июньский вечер, над дворами носятся стрижи, сверчат в вираже; дети играют в волейбол. Перед подъездом группа парней, красные повязки на рукавах. Мы встаем в очередь, потихоньку поднимаемся по лестнице. В квартире на третьем этаже стоит на табуретках оцинкованный железный ящик с куском стекла в крышке. Женщины держат в пальцах свечи, или к животам прижимают иконы; две бабушки потихоньку воют причет.[2] Мать солдата без слез сидит у гроба.

Летом того же года в пионерлагере[3] «Ландыш» вожатый Копылов учил нас жизни. Весной он вернулся из Афганистана, от него я впервые услышал слово «духи». Так и представлял, как солдаты воюют с духами.

Копылов рассказывал, как горел в бронемашине,

armored vehicle and how he survived, while his friend, who was also burned, was sent to the reserves after being discharged from the hospital. I listened to this slightly red-haired, sturdy man with interest, fear, and a total lack of understanding of the essence of war, suffering, and death.

Kopylov had studied at the pedagogical institute to become a phys ed teacher, but something was gnawing at his insides. At least ten times a night he sounded the alarm. I always slept in my socks so I could get dressed within the required twenty-five seconds, or "before the match burns out." After the command "Atten-hut," any stirring in the ranks made Kopylov rise up and kick the air in front of your nose with a high karate kick.

The only source of joy at Landysh was the counselor Natasha, who one evening when Kopylov had gone into town told us the story of "The Venus of Ille" before bedtime.* The camp was full of mosquitoes and when you crossed the bridges over the swamp you might run into people from the village who'd beat you up, asking, "What were you doing by our well?" My Krosh radio, which I'd used to listen to coverage of the World Cup, was stolen on the third day. The guy in the bed next to mine once, in a fit, chugged some cheap cologne and then spent half the night violently puking out the window.

---

*This is a reference to the story "La Vénus d'Ille" by the nineteenth-century French writer Prosper Mérimée, about a statue of Venus that comes to life.

как спасся, а обгоревшего друга после госпиталя комиссовали. Я слушал этого рыжеватого крепыша с интересом, страхом и раскаленным непониманием сути войны, сути страданий и смерти.

Копылов учился в пединституте на учителя физкультуры, и что-то глодало его изнутри. По десять раз за ночь он поднимал нас по тревоге. Я засыпал в носках, чтобы уложиться в положенные двадцать пять секунд, или «пока спичка догорит». После команды «смирно» любое шевеление в строю поднимало Копылова в воздух, и он содрогал его перед вашим носом с помощью маваши гири.

Единственной отрадой в «Ландыше» случилась вожатая Наташа, пересказавшая нам однажды на сон грядущий «Венеру Ильскую» (Копылов в тот вечер уехал в город). А так там было полно комаров, на лавах, шедших через болото, можно было нарваться на деревенских, огрести по присказке: «А что вы делали у нашего колодца?!». Приемник «Крош», доставлявший мне репортажи с матчей чемпионата мира по футболу, украли у меня на третий день. Сосед по койке однажды в припадке вытряхнул себе в горло одеколон «Саша», и потом тяжко блевал за

Someone swiped my bedsheets and I had to sleep on a bare mattress. You could never get the soccer ball from Kopylov. Then the Afghani vet came completely undone, forcing the whole squad to run through the woods in a squatting position all day long—so Andrey and I ran away. They searched for us with the help of the police, but after that crazy Afghan vet, the police didn't scare us.

I remember Natasha with her hair undone and how it flowed down her back; I remember how stern she looked when she stood against the dim lamplight; and I remember her voice. And I will always remember, word for word, the wild story about the Venus of Ille that she made come to life.

II

During my childhood, there were two train routes to Baku: one through Gudermes and the other through Grozny. Without giving any explanation, my father never let me go out onto the platform in Grozny. This was the only station within two and half thousand kilometers that was subject to such a rule. So this city remains in my memory as inexplicably menacing.

In Derbent, however, I was allowed to leave the train, so I walked along the platform, excited by the sea, which had become visible through the train window just as we were approaching the station. Up above, on the sunlit spurs of the Lesser Caucasus Mountains, ruins of

окно полночи. Кто-то стянул у меня простынь, и я спал на голом матрасе. Мяча футбольного от Копылова было не дождаться. К тому же афганец совсем распоясался, день напролет гонял отряд по лесу вприсядку, – и мы с Андрюхой сбежали. Искали нас с милицией, но после бешенного афганца милицией нас было не испугать.

Помню распущенные волосы Наташи, как они текут вдоль стана, и как она строго стоит против тусклой лампы, помню ее голос. А дикую историю об ожившей страстной бронзе я запомнил на всю жизнь, слово в слово.

II

В моем детстве в Баку поездом было два пути: через Гудермес или через Грозный.[4]

В Грозном отец никогда не разрешал выходить на платформу, без объяснений. Грозный был единственной станцией на протяжении двух с половиной тысяч километров, которая облагалась таким налогом. Так он и остался у меня в памяти этот город: неизъяснимо грозным.

А в Дербенте было уже можно, и я вышагивал по платформе, взбудораженный морем, только что на подъезде появившимся в окне. Вверху на ослепленных солнцем отрогах Малого Кавказского

defensive structures could be seen: there was part of a wall with towers that had once reached all the way down to the sea. In this Thermopylae, in the narrowest space between the mountains and the sea, the Sassanians had successfully defended themselves against the Khazars for centuries.

Broad-chested dogs with clipped ears looked into the faces of the passengers.

About two years ago, on an overcast October morning, I stood right there, under those very ruins, and saw cops, crazy with fear, rushing alongside the train with assault rifles at the ready, searching, each one peering ten times under the wheels and between the train cars.

The wind was howling in the wires and blowing trash around, plastic bags fluttering on camel thorns.

III

Now I need to forget how to cry. Most of the dogs in the villages were eaten by wolves. It became so silent you could hear yourself think.

It was winter when we put chains on the car tires and drove up from Bakuriani. We didn't ski for long because a snow cloud suddenly descended onto the Kokhta slopes. The ski lift stopped working and the remaining skiers and then the rescuers skied down into the whiteness and disappeared. I lingered, not noticing that an enormous

хребта виднелись руины оборонительных сооружений – часть стены с башнями, некогда доходившей до самого моря. В этих естественных Фермопилах, в самом узком месте между горами и морем, Сасаниды веками успешно держали оборону от хазар.

Широкогрудые псы с обрезанными ушами заглядывали в лица пассажиров.

Года два назад пасмурным октябрьским утром я стоял там же, под теми же руинами, и видел, как ополоумевшие от страха менты мотаются вдоль состава с автоматами наизготовку, рыскают, по десять раз заглядывают под колеса, в тамбура.

Ветер выл в проводах и гнал мусор, пакеты полиэтиленовые трепетали на верблюжьих колючках.

III

Теперь разучиться плакать. Собак по деревням подъели волки. Тишина настает, когда слышишь себя.

Дело было зимой, обув машину в цепи, мы поднялись из Бакуриани. Катались недолго. На склоны Кохты внезапно спустилось снежное облако. Подъемник остановился. Последние лыжники, затем спасатели вспороли молоко, пропали. Я замешкался

snowy silence had closed in around me. I took off my skis
so I didn't get hurt, and began the slow descent. Pine
trees appeared on the right, then on the left. Their trunks
seemed endless, disappearing into the sky, which hung
just above the summit. The core of this gigantic silence
clung to me; I heard something in it and couldn't
come to.

It was already dark when I reached the bottom. In the
dining room, the silent Ossetian cook poured a meat stew
onto our plates, and gave each of us a pancake and a jar
of Georgian yogurt. Already in Tbilisi we were warned
that there was unrest in these parts; there were
disturbances of some kind, gunfire in the Ossetian
villages around there. My God, how fortunate we were
then, before we understood how a neighbor could drive
out a neighbor. How military steel could disfigure
mountains. Why cast iron stoves were smoking up the walls
of the Hotel Iveria?* Or how much poverty and lying it
takes to deprive a people of generosity. On vacation we
used to play chess and go skiing. Evil was just a subject of
speculation for us, something that existed only in books.
Even the betrayal of a loved one was perceived as an
adventure. No one knew in their heart that evil is the lie

---

*During times of war, with the destruction of infrastructure, cast iron stoves were
often used to heat buildings, leaving smoke stains on the walls. During the Georgian-
Abkhaz conflict (1992–93), displaced people were settled in the Hotel Iveria in the
center of Tbilisi.

и не заметил, как огромная снежная тишина сомкнулась надо мной. Я снял лыжи, чтоб не свернуть себе шею, и стал потихоньку спускаться. Сосны выступали то справа, то слева. Стволы их казались бесконечными, пропадая в тумане сразу над макушкой. Гигантская тишина прильнула ко мне всем сердцем. Я что-то слышал в ней и не мог очнуться.

Спустился уже в темноте. В столовой молчаливый повар – осетин разлил в тарелки мясной соус, дал лепешку, банку мацони. Еще в Тбилиси нас предупредили, что в здешних местах неспокойно, осетинские села вокруг, какие-то волнения, ружья. Господи, какими счастливцами мы были, что не понимали, как может сосед прогнать соседа. Как военное железо может изуродовать горы. Зачем дым буржуек коптит стены гостиницы «Иверия». Сколько нужно нищеты и лжи, чтобы лишить народ великодушия. В каникулы мы играли в шахматы и катались на лыжах.Зло для нас еще было предметом умозрения, тем, что содержалось только в книжках. Даже измена возлюбленной воспринималась как приключение. Никто не знал сердцем, что зло есть ложь, уравнивание живого с мертвым.

that erases the difference between the living and the dead.

But here again the silence was flowing into my brain. I saw a picture of a puddle on the outskirts of Tskhinvali. It was a huge puddle and an Ossetian militiaman was walking through it. The malnourished, unshaven old man pressed the rifle against his chest as if it were a child. At the edge of the puddle a Georgian soldier lay on his back without any shoes: his legs were skinny and hairy, his feet were stretched out like in *The Crucifixion* by El Greco. Someone had pulled a jacket over his face. His stomach was sunken and pale. The militiaman was staring blankly in front of him.

Why does the government call itself our homeland only when it's carrying a weapon? Why does it seem like just yesterday when seventeen years ago, inside that cloud in the forest above Bakuriani, descending in complete darkness, I heard the sounds of a new era flowing into my ears, kissing my heart, and chilling me to death? Why is this already the third Sunday I haven't heard the bells of the Georgian church in Zoological Alley? Why does hatred disguise itself in the clothes of kindness? Why was Tbilisi relocated to Chita and why were these ancient countries turned into oil companies? Why does the Moscow River now flow into the Rioni and the Mississippi cut through the Tigris and the Euphrates? (From the heavy bombing, the desert landscape has

Но вот снова тишина втекает в мозжечок. Я видел фотографию – лужу на окраинах Цхинвали. Огромную лужу, через которую шел осетинский ополченец. Истощенный небритый старик прижимал автомат к груди, как ребенка. На краю лужи лежал навзничь грузинский солдат, без ботинок, тощие волосатые ноги, ступни вытянуты как на «Распятии» Эль Греко. Кто-то задрал ему на лицо гимнастерку. Впалый бледный живот. Ополченец опустошенно смотрит прямо перед собой.

Отчего только с оружием в руках государство называет себя «родиной»? Отчего вновь так близко время, как тогда, семнадцать лет назад в лесу, над Бакуриани, внутри облака, когда спускаясь в кромешной зге, я слышал, как новая эпоха втекает мне в уши, целует сердце, морозит насмерть. Отчего уже третье воскресенье я не слышу колоколов грузинской церкви в Зоологическом переулке? Отчего ненависть обряжается в одежды добра? Отчего Тбилиси сослан в Читу, а древние страны уравнены с нефтяными компаниями? Отчего Москва-река теперь стекает в Риони, а Миссисипи биссектрисой рассекла Междуречье? (От сильной бомбежки пустыни становятся треснутым

become a cracked mirror; the sand sinters and airplanes glide across it.)

Why is my best friend, a Georgian and the great-grandson of a renowned writer, calling me drunk as a skunk from the best Azerbaijani restaurant in the Russian capital? Where he raises a toast to the cruiser *Moskva*, while he himself is choking with fear: he has a rental apartment, a one-year-old daughter, a crappy job. Is it because of all this that the silence once again lies at my feet, as distinct as the goldfish's prophecy,* but there is nowhere to descend now, the mountain is endless—like Dante's journey.

---

*This is a reference to the Russian folktale "The Magic Goldfish."

зеркалом – спекается песок, в нем скользят
самолеты.)

Отчего мой лучший друг – грузин, правнук
великого писателя, пьяный в стельку звонит мне из
лучшего азербайджанского ресторана столицы, где
поднимает тост за крейсер «Аврора»,[5] а сам давится
от страха: съемная квартира, годовалая дочь,
проклятая работа. Не оттого ли тишина, отчетливая,
как пророчество рыбы, снова ложится туманом в
ноги, и уже некуда, некуда спускаться, – гора
бесконечна, как Данте.

NOTES ON RUSSIAN TEXTS

The Lithuanian Hand

1. This is the official Russian name for World War II, derived from the Russian name for the Napoleonic War, known as the Patriotic War of 1812.
2. Russian has a more elaborate and nuanced system of diminutives than English. Formed from the formal name Ivan, Vanyok represents a higher degree of affection and intimacy than the more neutral diminutive Vanya.
3. This is a laconic reference to the mass shortages of food and fuel that followed the end of World War II throughout much of Russia. The husband froze to death in the hospital.
4. This is a reference to the first leader of the Soviet Union, Vladimir Ilyich Lenin, whose body was preserved and put on display in the Lenin Mausoleum in Red Square, outside the Kremlin walls, where it remains today.
5. The narrator, influenced perhaps by the old women, engages in the superstitious practice of spitting three times in order to ward off bad luck.
6. Here the narrator references the two ongoing military conflicts of the time, the Soviet War in Afghanistan and the sectarian conflicts following the breakup of Yugoslavia.
7. The currency on the Russian black market at the time was U.S. dollars.

The Tattoo

1. In Russian, the word *наколка*, formed from the verb *колоть,* meaning "to prick," refers to an amateur tattoo.
2. Lyosha's surname, Милёв, is formed from the Russian word милый, meaning "nice" or "sweet."

3. As a sign of his delight that the narrator has finally agreed to get a tattoo, Lyosha uses a more affectionate diminutive form, Lyokha.

Hands

1. The highly colloquial Russian expression *до ручки*, formed from the diminutive of "hand," is typically used with a perfective verb to mean that one has reached a sorry state, gone off the deep end.
2. This is a slang term for a White Army soldier.
3. This is a reference to the Soviet Army's victory over the White Army in the Civil War that followed the October Revolution of 1917, which brought the Bolsheviks to power.
4. In Russian administrative language, people are introduced and addressed with their last name first, followed by their first name and patronymic.
5. The Emergency Commission, or Cheka, was the name of the first Soviet state security organization, formed by a decree from Vladimir Lenin in 1917. The first head of the Cheka was Felix Edmundovich Dzerzhinsky, a Polish aristocrat turned Bolshevik. Workers in the Extraordinary Commission were known as Chekists. The Cheka played an instrumental role in the Red Terror of the early 1920s.
6. The German War here is a reference to World War I, which was followed by the Russian Civil War, fought between the Communist and White armies.
7. This is a reference to Tikhon, who was named patriarch of the Russian Orthodox Church in 1917. A critic of the Bolshevik regime, he was kept under house arrest at the Donskoy Monastery beginning in 1922, and in 1923 was deposed as patriarch by a Soviet-sponsored church council. He died in 1925 and was later canonized.
8. The narrator refers to the priest with the slang word *поп*, instead of *священник*, and later with the more derogatory form *попище*.

Grandpa and Laima

1. *Катастрофа* is the Russian term for the Holocaust, or Shoah.
2. The now notorious Article 58 of the Penal Code of the Russian Soviet Federative Socialist Republic was put in place in 1927 to arrest those suspected of counterrevolutionary activity, designated as "enemies of workers," "traitors," and "saboteurs."

Sinbad the Sailor

1. *Помер* is a nonstandard version of the verb *умереть*, "to die."

The Beast

1. Here the author is describing the traditional Georgian head covering for women, consisting of a round brimless hat and veil.
2. The narrator refers to her more educated and refined friend by her full first name and patronymic—*Susanna Borisovna*—and to her less educated friend by a diminutive form of her first name—*Tomochka*.
3. Madame Gritsatsueva is a comical figure from the novel *The Twelve Chairs* by Ilf and Petrov. The phrase uttered by the hero, Ostap Bender, in reference to Madame Gritsatsueva—"Зноя женщина—мечта поэта" [A sultry woman is a poet's dream]—is an oft-cited line from the novel.
4. This is a reference to Begovaya Street, a major thoroughfare in central Moscow.
5. Typically, when an acquaintanceship develops into a friendship, the two individuals involved move from more formal modes of address (вы) to more familiar modes (ты). In this case, Nina and Mirkas had been on friendly terms, but when Nina begins working for him, she feels compelled to use more formal language and modes of address.
6. Here Nina, who has been trying to address her new boss formally, uses an expressive diminutive form, a sign of her great distress.
7. Here Nina uses the expressive suffix *-юга* to express her horror and amazement at the cat.

The Arm

1. This is a compound word formed from the words *партиный* ("party") and *билет* ("ticket"). It is proof of one's membership in the Communist Party.

The Swim

1. Here and throughout the story, Sorokin parodies the many acronyms used to designate official Soviet offices and organizations. By the late Soviet period, these acronyms had come to symbolize the hollowness of Soviet institutions.

Three Wars

1. Zinc coffins were used to transport the bodies of Soviet soldiers killed in Afghanistan back to the USSR. They became symbols of the failed war.
2. A *причет*, or *причитание*, is an improvised funeral lamentation. Also referred to in English as keening, lamentation is still practiced in parts of Eastern Europe and Russia. The lamentation is believed to be one of the most ancient forms of folk poetry and is traditionally performed by women.
3. *Пионерлагерь* is a summer camp for Young Pioneers, members of the Communist Party youth organization.
4. Grozny, capital of the autonomous republic of Chechnya in the former Soviet Union, means "threatening" or "terrible."
5. The Russian cruiser *Aurora* fired the first shot in what would become the October Revolution, which brought the Bolsheviks to power. It was made into a museum during the Soviet period and is today moored along the Petrovskaya embankment in St. Petersburg.

 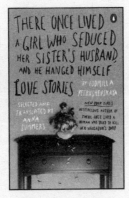